CW01655444

Círculo Rojo Editorial

Fulgor de Estrellas

FULGOR DE ESTRELLAS

ALICIA SANZ BOADELLA

Editorial Círculo Rojo
www.editorialcirculorojo.com

Primera edición: agosto 2016

Edición: Editorial Círculo Rojo.
www.editorialcirculorojo.com
info@editorialcirculorojo.com
Colección: Relatos

Diseño de portada: © Yamila Varela Sanz
Maquetación: Almudena Salinas

ISBN: 978-84-9140-243-5

DEPÓSITO LEGAL: AL 1213-2016

IMPRESO EN ESPAÑA – UNIÓN EUROPEA

Diseño de portada e ilustraciones interiores:
Yamila Varela Sanz
Colaboración: Gemma Membrives Sarabia

INDICE

EL REGALO

Me acuerdo de aquel regalo inútil para mí, un juego de badminton, que yo, en mi soledad de hija única, tiraba contra la puerta del hall de entrada.

No recuerdo que lúcido personaje escogió ofrecerme un presente tan lleno de crueldad, ni tampoco si fue para mi cumpleaños, Reyes o Navidad. Lo que puedo asegurar es que además de lo aburrido que resultaba golpear con la raqueta un corcho con plumitas que nadie recibiría y había que recoger del suelo para volver a empezar, existía el sentimiento de orfandad que me provocaba el carecer de un émulo que devolviera mis tiradas. El tedio se apoderaba de mí al poco rato de comenzar y el juguete iba a parar a un cajón. De todos modos no creo haberlo utilizado más de dos veces.

En ese tiempo, a mis seis o siete años de edad, volvía de la escuela a la hora de comer, siendo mi abuela mi única compañía. La pobre mujer se levantaba tempranísimo y no paraba de trabajar, así que una vez terminaba con los platos se acostaba media horita.

Yo esperaba ansiosa que finalizara su siesta, con la ilusión de compartir un juego de cartas, un tres en raya, una oca, pero muy raramente ocurría. Esas horas de la tarde, tan vacías me parecían interminables, hasta que al año siguiente mi lectura se tornó fluida y descubrí el tesoro inigualable de los libros. Desde un sillón del salón podía levantar vuelo y cruzar cielos y surcar mares, mirar desde la torre de un castillo como un príncipe se batía a duelo con el captor de la princesita, emocionarme con la valentía de un justiciero que robaba a los ricos para dar de comer a los pobres, la toma de conciencia de un príncipe feliz, que desde lo alto de su pedestal podía observar la miseria que padecían los habitantes de su ciudad y al que no le importó dejar de ser una maravillosa estatua recubierta de oro para transformarse en un objeto gris, con tal de ayudar a los necesitados, sufrir los infortunios de los niños londinenses en la época victoriana, que si bien me hacían llorar al comienzo de la historia, siempre terminaban logrando un final feliz. También desternillarme de risa con las peripecias de una niña revoltosa.

Nunca más las horas de la tarde me parecieron huecas, vacías. Nunca más me importó no tener con quien compartir un tonto juego de raquetas y corcho con plumitas.

FULGOR DE ESTRELLAS

Desde antes de aprender a escribir, Josefa anhelaba la facultad de redactar una carta a los Reyes Magos para pedirles uno de esos aparatos para ver los astros de cerca. De los seis a los nueve años, para merecer aquel fabuloso regalo se esforzó en portarse muy bien. Año a año mejoró su técnica de escritura y su letra, eligió papel de más llamativo y bonito color, dominó el arte de doblarlo creando figuras geométricas y puso en su petición más y más corazón. Pero ni Melchor ni Gaspar ni Baltazar le hicieron caso. ¿Sería el tal artilugio tan caro que ni los reyes lo podían comprar?

Cuando descubrió que éstos no eran otros que sus propios padres comprendió por qué, a pesar de su denuedo, el ansiado telescopio nunca estaba junto a sus zapatos, pero guardó muy bien el secreto para que su hermano, cuatro años menor, no se desilusionara.

Esa noche, como habitualmente, se sentó en el banco de madera a la puerta de su casa a contemplar las estrellas. Desde que era pequeñita sentía fascinación por las noches estrelladas. Contemplando el firmamento olvidaba todo cuanto la rodeaba, la chatura del pueblo, la vida precaria. Ni bien terminaba de fregar los platos, salía a acomodarse en aquel asiento, abstraída hasta que el traqueteo que, con cierta regularidad, producía la máquina de coser de su madre acabando alguna tarea, la devolvía a la realidad. La vida se había endurecido desde que sus hermanos mayores, al casarse, dejaron la casa paterna. El padre, sin arte ni oficio, trabajaba algunas veces en el campo y otras haciendo arreglos de tejados, paredes, chimeneas, puertas o ventanas, que nunca resultaba lo suficiente para mantener dos bocas, más la suya propia.

Al cumplir los trece años, una tarde a la salida del colegio, montó en la bicicleta de tercera mano que le había regalado una vecina y se fue al pueblo cercano, a ocho kilómetros de distancia, con el fin de encontrar algún trabajo. A diferencia de su aldea, allí había por lo menos dos hoteles, tres restaurantes, algunos bares y un cine. Josefa era simpática y resuelta, al dueño del cinematógrafo le cayó tan bien que la contrató para hacer la limpieza. En aquella sala, compañías de segunda ofrecían obras de teatro, espectáculos de prestidigitadores, mimos, magos, títeres y marionetas durante todo el período estival. Ya no le importó que la vieja televisión en blanco y negro heredada de un difunto no funcionara, podía ver y gozar todas las exhibiciones gratuitamente.

Durante el invierno veía todas las películas que ponían en cartelera, algunas más de una vez cuando se trataba de un musical o cuando la historia transcurría en el ambiente lujoso de una gran ciudad con anchas avenidas y altos rascacielos, suntuosos coches que transportaban damas cubiertas de pieles, vestidas de satén y adornadas con diamantes. Cosas que jamás había visto, como tampoco había presenciado a su alrededor historias de amor llenas de romanticismo, ni conocido gente de maneras exquisitas, de caricias leves, ni había sido testigo de besos fogosos, pasionales o situaciones trágicas en que el amor se torna grito, llaga o silencio, u otras en que las equivocaciones no desencadenan una agria discusión sino que mueven a risa y se festejan. Todo era nuevo, prodigioso y a la vez inquietante.

Se dijo a sí misma que ya no le bastaba con un catalejo para observar de cerca los astros, también quería encontrar un amor como el de las cintas, conocer la capital y todas las ciudades a donde la llevaran sus pasos, con los pies calzados en zapatos de calidad, de la mejor cabritilla, ataviada con prendas compradas en tiendas exclusivas. Entre barrida y sueños de celuloide, Pepa fue creciendo.

Llegó a los quince con una estatura inferior a la ambicionada y unos pechos superiores a los predecibles que llamaban tanto la atención como sus ojos de lago cristalino.

Ese verano, entre el elenco de una obra hizo su aparición en escena un joven actor que la dejó deslumbrada. El joven, de indiscutible buen porte y mediocre actuación, se limitaba a sonreírle con actitud de divo cada vez que se cruzaba en su camino, encuentros fugaces que Pepa propiciaba con terquedad de mula. No dejó de asistir ni a una sola de las funciones ni pudo apartar su pensamiento del muchacho ni de noche, ni de día, ni aún después que la compañía se despidiera.

Los días se acortaron, el verano se desmayó en las hojas otoñales y las estrellas estuvieron muchas noches ausentes, pero Pepa tenía su estrella que iluminaba la oscuridad de su cuarto poblando su mente de fantasías, copias de fragmentos de docenas de guiones diferentes a los que invariablemente les faltaba el final, porque después del beso a veces tierno, otras ardiente, se quedaba dormida. El invierno se hizo eterno aunque los ciclos de la naturaleza se sucedan sin pausa.

Por fin una mañana las flores empezaron a despertar de su letargo abrigadas por un cálido sol, se pintó de colores el campo y los aromas se mezclaron en el aire anunciando la llegada de la esperada primavera. Ya faltaba poco, casi nada, para volver a verlo. Pero ese estío la compañía no volvió. Hubo de pasar otro año, otro largo año de sueños antes de que él tornase.

Ella había crecido y él cambió su disposición. En un entreacto la invitó a tomar un helado después de la función. El arrobamiento de Pepa era tan notorio que el ego de él se agrandó. Le contó historias de éxitos en teatros importantes a lo largo y ancho de la geografía del país, detalló la arquitectura de las diferentes ciudades que había recorrido, los lugares interesantes que en cada una de ellas se podían visitar y habló y habló ante una Pepa maravillada y boquiabierta que no conseguía salir de su asombro.

En los días que estuvieron de actuación no dejó de ir con ella a tomar algo ni en una sola oportunidad. Al terminar la función de despedida, la llevó de entre bambalinas a la puerta de su camerino y la besó con un "hasta el año que viene". Ella evitó derramar ni una lágrima, tratando de mostrar que esa despedida no tenía importancia.

Josefa sobrevivió los doce meses que la separaban del hombre adorado recreando cada noche aquel beso de adiós e introduciéndose en una materia desconocida. Fue por aquél entonces que el acomodador del cine, un entusiasta de las historias de ciencia ficción, empezó a compartir sus lecturas con ella. Los planetas dejaron de ser astros inhabitados para convertirse en orbes pobladas por seres de inteligencia superior a la de los mortales, criaturas cuya avanzada civilización les permitía volar en naves circulares desde hacía cientos de años, lo confirmaban tanto los grabados egipcios como los testigos oculares de Estados Unidos, Perú, Brasil y Rusia desde finales del siglo IXX.

Mario, que así se llamaba el actor, volvió a mediados de junio más atractivo que nunca y tan mediocre en su actuación como siempre. Los helados del año anterior se cambiaron por encuentros más allá de los lindes del pueblo. Caminaban por el campo hasta encontrar el cobijo de unos árboles. Los besos y las caricias silenciaban las palabras. En la tercera cita la poseyó sobre la hierba húmeda de madrugada.

Sólo disponían de cuatro días más, en los que cada noche hacían el amor hasta despuntar la aurora, Pepa le rogó que la llevara con él prometiéndole que lo atendería y cuidaría como a un bebé, que lo seguiría a donde fuera que su carrera lo llevase, que no podía hacerse a la idea de esperar su regreso durante un año, que ya era mayor de edad y tomaba sus propias decisiones, confesándole que estaba enamorada de él desde el primer día y que había sufrido cada distanciamiento. Mario quedó en llamarla por teléfono al trabajo un día antes de finalizar la gira, se encontrarían en la estación de autobuses a una hora señalada.

Josefa dio la noticia a sus padres entreverando verdades con mentiras e ilusiones con realidad.

Su ropa era pobre y escasa, sus zapatos deteriorados por el uso, la ropa interior ordinaria y los pocos afeites de que disponía, baratos. No le importaba, era feliz. Juntó sus enseres en una pequeña maleta de cartón en la que agregó algunas historias de marcianos, ovnis y misterios paranormales. En su bolso puso sus documentos y el dinero que tenía ahorrado para comprar un telescopio y corrió al encuentro de Mario.

Llegaron a Madrid cuando todas las luces de la ciudad estaban encendidas, jamás había visto tanta iluminación, ni tanta gente de un lado para otro, apurada como si temieran llegar tarde al trabajo, pero lo que le llamó poderosamente la atención fue que el señor que un momento antes la había llevado por delante a causa de la prisa, se detuvo a veinte metros delante de ella para sentarse en la terraza de un bar. Mario paró un taxi y dio la dirección de su casa. Cuando estaban llegando preguntó a Pepa si tenía dinero para pagar la carrera, porque a él no le alcanzaría el cambio. Ella sacó el reducido fajo de billetes y se lo dio. Pararon ante un antiguo portal deteriorado por las lluvias y la falta de una mano de pintura, subieron cuatro pisos por escalera hasta arribar al último descansillo del edificio. Al abrir la puerta del apartamento un tufo a humedad los envolvió. Una cortina de brocado que en otro tiempo había sido granate, manoseada y polvorienta separaba el vestíbulo del salón-comedor, el mobiliario se componía de un aparador, cuatro sillas, una mesa, dos sillones tapizados con la misma tela de la cortina, tan gastada, descolorida y sucia como aquella, una mesa con un televisor y una lámpara de dos brazos que pendía del techo, a la que le faltaba una tulipa. Los muebles grandes y oscuros hacían aún más pequeña la estancia. Todo era reducido y viejo, la cocina, el baño, y ni hablar de la cama y el colchón que de tan vetustos, uno se hundía hasta hacer que los flejes se hincaran en la espalda y la otra chirriaba tanto al hacer el amor, que esa primera noche Pepa tuvo que hacer un esfuerzo por no desconcentrarse.

A la mañana siguiente al despertarse Mario no estaba, abrió la ventana del dormitorio y vio que asomaba al patio de luces y que por paisaje tenía una pared cercana. Comprobó que la de la sala daba al mismo lugar y que la de la cocina estrecha y colocada un poco alta, sólo le permitía ver los techos y las terrazas de algunos edificios. Se encogió de hombros, no le importaba, era dichosa, había logrado estar allí, en la ciudad con rascacielos, cines, teatros, museos, salas de fiesta, casinos, cabarets, discotecas y miles de lugares más para pasarlo bien con el hombre de sus sueños. Buscó en la cocina algo para desayunar, sólo encontró café, escudriñó toda la casa para encontrar dinero y comprar algunas provisiones pero no lo halló. Resignada se hizo una taza de café y se puso a limpiar.

Mario regresó al mediodía y le dijo que se arreglara, que irían a un bar a comer porque tenían cosas importantes de qué hablar. Una vez que estuvieron sentados frente a frente él le tomó una mano de las que apoyaba sobre el mantel y le dijo:

—Probablemente te haya decepcionado el piso, pero debes considerar que he vivido solo hasta ahora y no estoy aquí en forma permanente, ya sabes que viajo mucho y no valía la pena tener un lugar mejor, ya que esto equivaldría a un gasto superior. Hoy he ido a ver a mi agente y de momento no tengo trabajo ni sé para cuando lo tendré. El dinero que trajiste es poco, apenas durará unos días y el que yo he ganado estos meses alcanza escasamente para pagar cosas pendientes, entre ellas el alquiler. Mientras yo consigo algo tendrás que trabajar.

—No me importa, buscaré trabajo, puedo ofrecerme como ayudante de cocina en un restaurante, fregando, limpiando, lo que sea con tal de estar a tu lado.

—¡Esta es mi chica!...pero hay un pequeño problema, con ese tipo de actividad no podremos salir adelante, son trabajos pesados y mal pagados. He pensado que podrías ganar mucho dinero en un lugar de categoría alternando con clientes de pasta, pero como no tienes ropa adecuada, recordé que tengo un amigo que es dueño de un club de carretera donde con tu juventud y tu natural inocencia triunfarías aun vestida con un mono de obrero, adquirirías experiencia y en pocos meses habrías juntado lo suficiente como para comprarte un vestuario como corresponde y moverte en otras esferas.

—¿Qué quiere decir eso de "alternar"?

—Quiere decir que viene un tío y te ofrece una copa, se pone a hablar contigo un rato y si eres lista le sacas otra copa y por cada copa el dueño te paga el cincuenta por ciento de su valor. Si lo sabes hacer puedes meter en tu bolsillo una buena cifra diaria, claro que más te embolsarías acostándote con algunos clientes, no con cualquiera, claro, los que no te disgustaran, pero no conozco las condiciones, tendrías que hablar con el dueño.

—¿Acostarme por dinero? ¿Me estás proponiendo que haga de puta?, ¿compartirme con otros hombres?...¡A mí que con la única persona que he tenido relaciones ha sido contigo!-dijo poniéndose a llorar.

—¡No seas trágica mujer! ¿Qué más da? Es como subirse a un escenario y actuar, porque lo que tienes que hacer es una representación, nadie tendrá a Pepa, tan sólo yo cada vez que le haga el amor.

—No puedo creer lo que estoy oyendo—dijo entre sollozos.

—Mira Pepa, ya está decidido, terminaremos nuestra comida, iremos a casa, te arreglarás esa cara e iremos a ese club, probarás alternar, luego lo demás se verá, veremos cuanto has ganado en una semana, si no te avienes a aceptar esto, te vuelves al pueblo y se acabó.

Ella no pudo tragar bocado, únicamente bebió dos copas de vino mezclado con sus lágrimas, al llegar al apartamento juntó algunas de sus cosas, se pintó los labios y partieron. Tomaron un autobús, luego un taxi, Pepa no sabía ni donde estaba pero debía ser por las afueras de Madrid por el tiempo que habían tardado en llegar. El lugar era una casa de dos plantas, como una caja de zapatos, pintada de rosa confite con un letrero de bombillas multicolores en el que se leía "Club Afrodita", tenía alrededor un aparcamiento de grava donde estaban estacionados tres coches. Mario la introdujo empujándola con suavidad, el lugar estaba tenuemente iluminado, una barra semicircular ocupaba todo el centro del salón, contra la pared se recostaban algunas butacas, un hombre acodado en la barra conversaba con una de las coperas, dos de ellas hablaban animadamente en un rincón. Mario y el dueño optaron por el extremo opuesto de la barra al que ocupaba el cliente, apartados también de Josefa, después de varios minutos de charla, en los que ella aprovechó para observar con fingido disimulo a las mujeres, le hicieron una seña para que se acercase.

—Te quedarás aquí la semana, te vendré a buscar el sábado y te volveré a traer el lunes, Manuel te dirá las condiciones y te explicará las normas de trabajo, como hace años que está en este negocio te dará consejos útiles, no los desatiendas. Este fin de semana pagarás el alquiler del cuarto. Ya verás que no es tan duro cuando cuentes los billetes— Le dio un beso rápido de despedida y se fue. Pepa abrió los ojos muy grandes y tragó saliva reiteradas veces esforzándose en contener el llanto, mientras Manuel la miraba.

—Escucha pequeña, no me gusta tener mujeres a disgusto en mi local, sé por práctica que si no están por la labor trabajan mal y eso a mi no me conviene, me desacreditan el negocio y pierdo dinero, hoy te limitarás a acercarte a los hombres que te miren con interés a ver si te invitan. Las copas son al cincuenta por ciento. Cerramos a las cuatro. Maite te acompañará a dejar tus cosas arriba, en el cuarto que ocuparás. Mañana hablaremos.

La tal Maite estaba bebiendo con un cliente, así que dejó la bolsa debajo de una de las butacas. El recinto comenzó a llenarse de gente y ella aprovechó para sentarse donde había disimulado su alforja y dar rienda suelta a su congoja.

Durante un tiempo indefinido, confuso, se recriminó mil veces su idiotez, la dolorosa humillación que padecía, la estafa de la que era objeto. El joven hermoso, actor de éxito, conocedor de escenarios y de públicos a lo largo y a lo ancho del país, no era más que un farsante, un intérprete de pacotilla que con seguridad únicamente obtenía contratos para giras en compañías de segunda para actuar en pueblos durante el verano y quería usarla, aprovecharse de ella. El ídolo cayó del pedestal y se hizo trizas, las partículas herían su corazón haciéndolo sangrar. En unas horas su vida se había convertido en un atolladero insalvable, sin lugar donde huir y sin dinero. Sus humildes ahorros se habían esfumado, había perdido sus historias favoritas y abandonado parte de su ropa. Con estos pensamientos lloraba en el rincón cuando se sentó a su lado un parroquiano. Era un hombre cincuentón de voz dulce y cara de bueno que se interesó por las razones de su angustia. Ella tenía tanta necesidad de desahogarse, estaba tan sola y desvalida que no hesitó en contarle su drama. El cliente la invitó a copas, luego le ofreció intimar en un reservado, ella aceptó. Aquél hombre, el de su debut, fue delicado, generoso y le dio una buena propina.

Trabajó hasta el viernes a un ritmo ajetreado, tratando de recaudar el mayor dinero posible y cuando la mañana de ese día lo contó, no podía dar crédito a la suma acumulada. Puso en su bolso las pocas pertenencias y dijo salir a hacer compras hasta la hora de apertura. Pero no volvió. Lo primero que hizo al llegar al centro de Madrid, fue comprar el ansiado telescopio, luego recorrió las tiendas admirando sus escaparates, sabía que llevaba suficiente dinero como para darse algunos caprichos, los ambicionados zapatos de cabritilla, algo de lencería de brillante satén, pero desistió de la idea, una semana viviendo la cruda realidad logró que sus pies volviesen a tocar el suelo. Decidida como estaba de retornar al pueblo, nada de todo aquello tendría utilidad. Eligió unos pijamas de franela para dormir calentita en el invierno, un robot de cocina para su mamá, unos prismáticos para su padre, al que le encantaba observar a los pájaros y unas pocas cositas más.

Después de tomarse una cerveza y unas tapas en la terraza de un buen bar, pidió a un taxi que la llevara a recorrer los sitios más emblemáticos de la ciudad y luego a la estación de autobuses.

Arrellanada en su asiento, dijo adiós a sus sueños de lujo y esplendor y se juró que aquellos cinco días los mantendría en secreto para siempre. Y sonrió al pensar que por fin era dueña de uno de aquellos aparatos para ver las estrellas de cerca.

ACOSO

Comenzó a recibir aquellas llamadas telefónicas por la tarde, casi a diario. La voz era de un hombre que decía ser un vecino. La desconcertaba lo enterado que ese personaje estaba de su vida, sus horarios, su día a día.

Sabía que estaba sola a la vuelta del colegio donde cursaba su segundo año de magisterio, que la abuela, harta de soportar la atmósfera enrarecida de la casa por la desavenencia de sus padres, optó por irse a vivir a lo de su hermana menor, que el padre, ante la imposibilidad de recuperar la fallida relación matrimonial, meses después, también se fue y que la madre trabajaba fuera y volvía por la noche.

Ella se preguntaba de dónde habría sacado tanta información y de que forma había conseguido su número.

En las primeras comunicaciones él mostraba solidaridad ante el duro momento que ella vivía y desplegaba una gran simpatía, pero luego todo cambió, las preguntas y las bromas encerraban doble sentido y a pesar de la ingenuidad propia de una adolescente, intuyó que aquello pertenecía a un juego escabroso e inconveniente y dejó de atender el teléfono.

Su existencia se fue encauzando, la abuela regresó, la mamá montó su propio taller en la casa y se acabaron los días solitarios.

Un sábado, el hijo de una amiga de su madre, las visitó con su nueva novia, Leticia, una chica muy bonita y simpática que vivía a la vuelta de la esquina. Como era de esperar las dos jóvenes se hicieron amigas, a veces iban al cine o salían de compras. En una oportunidad, en la que le tocó recoger a Leticia por su casa, escuchó una conversación y la voz de uno de los interlocutores la sobresaltó, era sin duda alguna, la del desconocido que la había asediado por teléfono. Supo que era el tío de aquella muchacha encantadora.

No comentó nada de lo ocurrido, pero evitó en la medida de lo posible pisar ese domicilio y cuando le resultó imposible eludir el compromiso esquivó todo trato con ese sujeto hasta que una vez, la demora en el arreglo de su amiga, dio pie a que el individuo abordara un diálogo. Con una sonrisa burlona preguntó:

—¿Así que tu mamá salió hoy?

—¿Y a usted qué le importa lo que ella hace?

—A mí no me importa, pero hoy salió. Llevaba un vestido gris, zapatos y cartera negros, como su ropa interior, iba a encontrarse con Jorge Fernández.

Creyó que se iba a descomponer. ¿Ropa interior negra?.. y luego ¿con Jorge, un amigo de la casa?…

—No creo nada de lo que me dice- contestó airada.

—Cuando regrese de su salida, lo hará llevando una bandeja de masitas del Torino.

En el intervalo apareció Leticia y partieron, dejando la frase sin respuesta.

Al llegar a su casa, la mamá aún no había vuelto, cuando lo hizo, traía consigo una bandeja de masitas del Torino, vestía de gris, calzaba zapatos negros y cartera del mismo color. En el momento en que cambió su ropa por una confortable bata, observó que la ropa interior que su madre lucía ese día era negra.

LOS OBJETOS DE MI CUARTO

En agosto, cuando el calor agobia y hace que nuestro sueño se vea interrumpido más de una vez, pude con asombro, ser testigo de una realidad sorprendente.

Primero, oí unas vocecitas que cuchicheaban, luego el suave batir de unas alas, que al aproximarse a mí, me prodigaban un airecito gratificante. Abrí mis ojos y gracias a la débil luz proveniente de la farola de la calle, pude verlos volar. Los angelitos que adornan una de las paredes se liberaron y cobraron vida.

Me quedé muy quieta, fingiendo que dormía. Se acercaron a la cabecera de mi cama y mantuvieron un diálogo con las seis señoritas fotografiadas en poses poco decorosas.

—¿No les da vergüenza exhibirse así, en camisa o enaguas mostrando sus pechos desnudos?— preguntó el angelito violinista.En absoluto— contestó una de ellas subiéndose una media.

—¿Por qué no se cubren y salen de sus marcos?— inquirió el violonchelista.

—Nos hubiese gustado hacerlo en las noches de invierno— dijo la de la vincha adornada con una flor.

— Así como van, aunque el tiempo lo permita, tendrían que conformarse con dar vueltas a la casa. Es a mi entender una lástima— opinó el guitarrista.

—No te preocupes precioso, estamos aquí desde el comienzo del siglo XX, hemos vivido en muchas casas, visitado muchas ciudades, tantas como dueños tuvimos— contó otra, poniendo su pierna sobre una silla y acomodándose un zapato.

—Nosotros no tenemos tantos años, cambiamos de amo una sola vez y visitamos tres ciudades y dos pueblos— contestó el del acordeón.

-Son ustedes muy timoratos- sentenció la más joven y descocada.

—¡Somos ángeles!— gritaron ellos al unísono.

—Nunca el haber estado medio desnudas fue un impedimento para salir de paseo— dejó oír la más gordita.

La que cubría más su cuerpo, llevando calzones y corsé, atrajo hacia sí al violinista y le dio un beso en la frente diciendo:

—Estamos un poco cansadas, preferimos reposar.

—¿Qué les parece compañeros si les brindamos

una serenata a estas hermosas damiselas?— propuso el acordeonista.

Y acto seguido se pusieron a tocar una hermosa melodía. Al acabar, salieron volando por la ventana abierta.

—¡A dormir!— Corearon ellas.

—¡Por fin se acabó la cháchara! ¿es que nunca se dignan tener consideración hacia un insomne crónico?— voceó el reloj.

—¡Miren quién habla, el que no deja nunca de sonar!— bramó el espejo.

—¡Ya está bien por esta noche! ¿no les parece?— propuso el quinqué.

—¡Basta ya!, o despertaremos a nuestra dueña— sancionó la cama.

Volvió a reinar el silencio y volví a caer en los brazos de Morfeo.

A la mañana siguiente, estaba a punto de preguntar a los angelitos como lo habían pasado, cuando caí en la cuenta de que jamás obtendría una respuesta.

ESOTÉRICO

De pronto tuve la certeza de que mi padre no era mi verdadero padre. Quise averiguar, preguntándoselo a mi mamá, pero ella había muerto hacía algún tiempo. Busqué información entre sus amigas, unas nada sabían, otras no recordaban por ser muy viejas, las más, ya no pertenecían a este mundo.

Necesitaba saber quién era aquél hombre que fecundó a mi madre.

Me dirigí a los domicilios de mis tías, pero ya no vivían allí. Entonces, fui a la casa de Gustavo. Una mujer muy delgadita, toda vestida de negro, me hizo pasar al salón, donde él estaba sentado, el torso reclinado en su antigua poltrona azul.

—¡Hola, qué sorpresa vos por acá!— me dijo sonriendo.

Y yo, después de saludarlo le expliqué:

—He venido a verte porque necesito encontrar a mi papá.

—Lo siento, no puedo, no tengo tiempo— contestó sin dejar de sonreír.

—¡Cómo que no tenés tiempo! Sos la única persona que puede ayudarme, es imperioso para mí— insistí.

—Lo comprendo, pero te vuelvo a repetir que no tengo tiempo— reiteró.

—¿Cómo podés ser así, cómo podés negarte a algo tan importante?— reproché rogando.

—No entendés, no es que no quiera, es que no puedo, me estoy muriendo.

—No puede ser cierto. ¡No, por favor, sos tan joven!...¡no puedo imaginarme que nunca más te veré, te tocaré! ¿Cómo voy a poder vivir sin tocarte, sin sentir el calor de tus manos en las mías ? No podés morir, ¡vos no, vos no!...

Lloré con tanta desesperación, que me despertó mi propio llanto.

Había sido una pesadilla horrible, me levanté angustiada y con dolor de cabeza.

No entendía el sueño, mi madre había fallecido veintitrés años atrás, mi padre diez y ocho y Gustavo no estaba en mi vida desde hacía diez y seis.

Me preparé el desayuno. Mientras lo tomaba, como cada mañana, revisé mi agenda, entre las órdenes del día figuraba escrito con grandes letras, "Cumpleaños de

Mónica, telefonear". Ni bien terminé mi tostada y mi último trago de café, la llamé.

Mónica, mi sobrina, es psiconalista y goza de buen prestigio profesional, por lo cual, me ví tentada a pedirle la interpretación de lo soñado, pero por lo desagradable, preferí dejarlo para otro momento.

Dos semanas después recibí una carta de mi prima Graciela, que entre otras cosas decía, tengo una mala noticia para darte, Gustavo murió el 24 de agosto, el día del cumpleaños de Mónica.

CELINA

Le pedí al camarero un café con leche y media tostada con aceite y sal, y tomé de la mesa vecina, desocupada, el periódico local; un ritual mañanero que cumplía a rajatabla antes de entrar a la oficina. Mis ojos recorrían los titulares en busca de alguna noticia interesante cuando topé con su foto. Las grandes letras que encabezaban el artículo, en un primer momento me parecieron carentes de toda lógica; aquello que se estaba publicando no era verdad, no podía ser verdad, se me empezaron a emborronar, a superponer, y ya no pude leer más. A trompicones llegué al aseo, me saqué la chaqueta, la corbata, me faltaba el aire. Un fuerte mareo, una oleada de calor que dejó paso a un sudor frío bañaba todo mi cuerpo. Alguien entró y al verme en aquel estado, trajo una silla y tal vez con aquel mismo periódico, me abanicó. Un poco repuesto, me volví a casa, llevándome el "Información" en el bolsillo. Sin sacarme la ropa, me tiré en la cama y me puse a llorar. No sé cuanto tiempo transcurrió hasta el momento en que me sentí lo suficientemente repuesto como para conocer los hechos. Entonces volví a desplegar el diario. La crónica del brutal asesinato de Celina decía que un transeúnte avisó a la policía el hallazgo del cadáver, esa madrugada, en el Parque de L´ Aigüera, cuando se dirigía a su trabajo. El forense estableció la hora de su muerte alrededor de las once de la noche. El asesino le había asestado nueve puñaladas y yo conocía la identidad del criminal que había segado su existencia y destrozado la mía, sumiéndome en la desesperada tristeza de saber que nunca más ella estaría en mi vida, tan sólo en mi recuerdo para siempre. Una amargura mezcla de rabia e impotencia me corroía el alma.

Celina tenía sólo veinticinco años; estaba casada y con un niño de dos cuando ocupó el puesto de recepcionista en la empresa en la que trabajo. Amable y cordial, reservada y correcta, sabía guardar cierta distancia con todos sus compañeros. Yo no había, para entonces, cumplido los treinta y ella me gustaba aun sabiendo que era un imposible. Su actitud no daba lugar a falsas ilusiones.

Haría dos meses de su llegada, cuando un sábado por la mañana entré en la librería de la calle Ruzafa y la encontré encargando un ejemplar de un libro de poemas de Amparo Amorós que el librero no podía conseguir. Le sugerí la búsqueda por Internet, pero ella carecía de ordenador; me ofrecí a ayudarla. Conversamos un rato, intercambiamos opiniones literarias y nos despedimos. Dos semanas después, le regalé el ejemplar de la poeta valenciana: "Las moradas". Así comenzó una amistad en la que sólo hablábamos de arte, nunca de cosas personales, a menos que se refirieran a aficiones y pasatiempos. Me enamoré de ella perdidamente y los cortos momentos que compartíamos justificaban mis días. Todas las mujeres me parecían sosas e insustanciales, por lo que desistí mantener escarceos amorosos que me aburrían ni bien comenzar y me dejaban un regusto amargo cuando culminaban en sexo.

Habrían pasado dos o tres meses de intercambio cultural, cafés en el bar con el infaltable cigarrillo de la media mañana, cuando un día apareció con una mano vendada. Al preguntarle que le había pasado, me respondió que se había herido con un cuchillo mientras preparaba la cena. Los accidentes domésticos variaban y se fueron haciendo cada vez más usuales, hasta que un día Celina llamó avisando que estaba con gripe y que no podría reincorporarse por tres o cuatro días. Cuando volvió y la tuve de frente sosteniendo su taza de café con leche, noté un cierto color amarillento alrededor del ojo derecho que se extendía hasta su pómulo y el maquillaje no había podido ocultar. Su mirada estaba cargada de una tristeza infinita. Le tomé la mano que descansaba sobre el mantel, presionándola en un apretón afectuoso que trataba de infundirle algo de fuerza. Le pedí por favor que me contara la verdad, le prometí que su confidencia jamás saldría de mi boca. Con voz apagada, casi susurrante, desgranó llorosa su historia de dolor.

Todos los sucesos acaecidos a lo largo del año habían sido producto de golpizas que su marido le propinaba. Había comenzado con un cachetazo al poco tiempo del nacimiento del hijo, se incrementaron en saña y frecuencia a través de los años. Supe que había adoptado innumerables estrategias en su afán de calmar la ira que se apoderaba de él, obedeciendo sumisa cada orden, con tal de no provocarlo, sintiéndose culpable por no lograrlo, reprochándose su torpeza, su ineptitud para todas las cosas, ya fueran banales o importantes. Arrastraba su acibarada vida sin dar opiniones, sin tomar decisiones. Actuaba como una autómata. Las trifulcas podían originarse por el dinero, echándole en cara su mala economía, por un arroz fuera de punto, la arruga de una camisa, un saludo demasiado efusivo al vecino de al lado; reconvenciones permanentes ante cualquier situación. En su febril intento por apaciguarlo y con la ilusión de sentirse un poco más útil, buscó un empleo, se hizo cargo de algunos gastos de la casa y lo llenó de regalos. Volvió a la lectura, que le permitía gozar vidas ajenas repletas de significado, donde tanto el dolor como la alegría y la felicidad tenían sentido. Leía a escondidas y ocultaba el libro de turno bajo las sábanas limpias dobladas y guardadas en un estante del armario del dormitorio. Pero él descubrió su mundo secreto y el incidente fue nefasto, según él, las mujeres de verdad no perdían el tiempo leyendo tonterías que para lo único que servían era para "llenar la cabeza de pájaros"; ellas dedicaban su tiempo en limpiar los cristales una vez por semana, como su madre, o los azulejos del baño hasta dejarlos bruñidos como espejos, y muchas cosas más por el estilo. La zamarreó con tanta fuerza que al día siguiente casi no podía mover los brazos. Tampoco el hecho de ponerse a trabajar fue una buena idea; las palizas aumentaron y luego la tuve allí, desahogándose conmigo. Nadie de su familia conocía su calvario. Yo era el único depositario de la verdad.

Le aconsejé que lo denunciara, que recurriera a un centro especializado de apoyo, pero se negó; su miedo la paralizaba.

Esa noche no pude dormir y desde entonces mis anocheceres se poblaron de angustia y frustración preguntándome a cada momento qué sería de ella. Un mes después de su confesión renunció a su puesto, no obstante, nos seguimos viendo una vez por semana, siempre a horas distintas, en lugares distintos. Me necesitaba, lo sé, encontraba en mí palabras de aliento, frases que me salían del alma, siempre intentando ayudarla. La necesitaba, lo sé, tal vez mucho más que ella a mí, porque mi existencia dependía de esos encuentros. Ella era mi sol, mi luz, lo único que me rescataba de la nada cotidiana. Yo sufría, ¡ ya lo creo que sufría!, por ella y por mí, yo sufría.

A veces, en mis desvelos tejía sueños de un futuro quimérico, de un mañana sin celos ni recelos en el que ella se sintiera amada, respetada, segura y confiada. Estaba dispuesto a darle todo aquello de cuanto carecía y más, mi vida misma, de ser necesaria. Pero lo callaba, mis labios estaban cerrados y mis sentimientos ocultos, jamás le dije que la quería más que a nada en el mundo, que deseaba con vehemencia besar sus labios, acariciar su piel, estrecharla entre mis brazos, hacerle el amor. No podía, ella hubiese podido pensar que estaba aprovechándome de las terribles circunstancias que asolaban su vida, de su vulnerabilidad y su soledad. Preferí seguir siendo su incondicional y paciente interlocutor.

Las cosas empeoraron, su miedo se transformó en pánico. El maltratador adoptó nuevas formas de castigo, como pegar con una toalla mojada para no dejar huellas externas visibles.

Llegó el cuarto cumpleaños del nene. Al verlo vestido con las nuevas galas que Celina le comprara para la ocasión, el marido montó en cólera. Celina, según chillaba él, educaba y acicalaba al niño como a un "maricón"; muchos mimos y ropas de colores que los hombres, por machos, no podían usar. La criatura se echó a llorar negándose a cambiarse y él le asestó dos fuertes golpes en las piernas. Un nuevo ciclo de tormentos se inició. Dureza y agresión al pequeño, que Celina no pudo tolerar.

La mañana de los hechos, ella me llamó diciéndome que necesitaba verme. Quedamos en mi casa alrededor de las ocho. Supe que había dejado al hijo con los abuelos, que esa mañana había interpuesto, por fin, una denuncia y que la noche anterior le comunicó su decisión de terminar con todo aquello para siempre.

Nos despedimos a las diez. Ella debía recoger su coche del *parking* y volver a lo de sus padres, pero él lo impidió.

No puedo acudir a las autoridades; pensarían que era su amante. No puedo gritar a los cuatro vientos que lo único que le toqué en años fue su mano, una vez. Nadie lo creería, destruirían su imagen diciendo que era una adúltera, que tal vez se merecía morir en manos de un marido engañado, por aquello del honor mancillado.

Y estoy aquí, desgarrado, implorando que la justicia de los hombres sea clara y dura y la justicia divina me otorgue la paz y la resignación necesarias para seguir adelante.

LAS SANDALIAS PLATEADAS

No subía al desván desde mucho antes que mamá muriera. Había postergado el enfrentarme cara a cara con el pasado, una y otra vez, pero, ante la inminente y próxima entrega de la casa a los nuevos propietarios, todo tipo de excusa perdió su validez. Entre las docenas de artículos almacenados en aquél cuarto, que fuera en nuestra niñez el de nuestros juegos, mi vista topó con ellas, aún relucía su plateado esplendor bajo la brillante luz de los tubos fluorescentes. Condenadas al silencio y a la oscuridad verían transcurrir los días, los meses y los años sin la resignación propia de los que nunca fueron nada.

Ellas supieron de la fama y el aplauso, los telones de terciopelo, los escenarios de los mejores teatros, los focos y bambalinas. La música desgranada y sublime de las mejores sinfónicas del mundo. Vistieron los pies casi diminutos de una Salomé de magnífica voz de soprano, de una Amparo, en la zarzuela Moros y Cristianos, también de una Desdémona, en Otelo.

Cuando la cantante dejó su carrera me las regaló, esas sandalias de fina cabritilla plateada, plataformas de cuatro centímetros y vertiginosos tacos chinos, fueron los zapatos preferidos para mis disfraces de entonces.

Servían para todo, para vestirme de Cleopatra, de la amada de Espartaco, de Eurídice, de Elena de Troya y cantidad de heroínas antiguas, pero no olvidadas. Yo me las ponía soñando con mis éxitos futuros, porque para entonces bailaba, era alumna de la Escuela Nacional de Danza del Teatro Colón de Buenos Aires.

Mis amigas y yo contábamos con un baúl de trajes y buena diversidad de calzado, todos de altísimo tacón y, para nuestra alegría, del número 33 y 34, que era el nuestro a los nueve años de edad.

Ataviadas con aquellas ropas, pintarrajeadas y calzando escarpines de tacón de estilete, representábamos nuestras inventadas comedias, mirando desde lo alto a los espectadores, que solían ser mis hermanos.

Nos crecieron los pies, la curva de nuestros pechos comenzó a insinuarse, mis hermanos empezaron a aburrirse de las parodias y nosotras también.

El tiempo era una paradoja, corto en las semanas

por la gran actividad, largo en los años que nunca pasaban para cumplir otro más. Entre el colegio y las clases de ballet, se decantaron las horas y los días. A los trece años pegué un estirón impredecible y consternante alcanzando una altura de 1.76 cm., excesiva para una bailarina. Mis ilusiones de triunfo se desvanecieron, no importaba cuán buena fuera la técnica o el talento, la figura no era la indicada. Contrasentido de la vida, pensar que al vestirlas pocos años atrás alimentaban mi poderío y fantasía, al observar que me encontraba en una posición más elevada que mi público y con un futuro de renombre en mi cielo de algodón.

Las vestimentas fueron guardadas en su féretro de roble, los zapatos se ubicaron en un estante y hoy compruebo con asombro que las que fueran mis sandalias favoritas, se han resistido a envejecer. Parecería que esperan un mañana de chiquitos pies que les devuelvan, si no la gloria, las risas ufanas de unas niñas.

DESEOS

El pequeño dejó de lado el fusil, le dolían todos sus huesos pero más aún la tripa, de tan vacía. El fuego había cesado. Era una noche de tregua por la Navidad, una festividad de los cristianos que cada 24 de diciembre conmemora el nacimiento de un niño redentor. Hacía un tiempo, un peregrino anciano y sabio, le dijo que las religiones son diferentes caminos para llegar a Dios, todas dignas de igual respeto. Ese hombre le contó también que aquel niño había hecho muchos milagros y que según sus fieles, implorando con fe, se obtenían gracias, sobre todo en esas fechas. Pensó en pedir un exquisito cordero con arroz, pero le pareció mezquino, no más lucha, pero le pareció cobarde. Elevó sus ojos al cielo, las estrellas brillaban con intensidad y una luna de pulida plata lo iluminaba todo. Decidió escribir su deseo en la arena con la seguridad de que aquel ser omnipotente lo podría leer. Con su pequeño dedo inseguro, temiendo hacerlo mal por lo poco que sabía de aquellos menesteres, escribió: "descanso y paz". Con las primeras luces del alba el tiroteo se reanudó y una bala atravesó su corazón.

LA NOCHE EN QUE SE DETUVO EL TIEMPO

Habíamos terminado de cenar, Mercedes y Paula recogían los platos del postre. Yo servía los frutos secos, peladillas, garrapiñadas, mazapanes y turrones que habían quedado sin tocar del reciente festín de Navidad. Adornados con bonetes y sombreritos, alegres y bulliciosos, estábamos chispeados ya por tantos brindis, sin haber llegado al cava. El grupo se decantó por poner música bailable al mismo tiempo que encender el televisor, para sintonizar uno de ésos programas transmitidos desde la Puerta del Sol, y comernos las uvas al compás de las campanadas. Cuando faltaban diez minutos para que el año tocase a su fin y las copas, rebosantes, burbujeaban esperando ser alzadas en honor al que comenzaba, el reloj se paró. Desconcertados, los presentadores no podían dar crédito al suceso. En un primer momento todos pensamos que el famoso reloj había sufrido una avería y tanto los periodistas, como nosotros y los cientos de personas reunidas en la calle para tal circunstancia, consultamos la hora en los nuestros.

Asombrados, comprobamos que el tiempo se había detenido. El pánico se apoderó de la muchedumbre, cundió la histeria, se produjeron desmayos. Martín, el más sereno del grupo ante toda imprevisible contrariedad, erigiéndose en la figura del moderador, dijo:

—Vamos a tranquilizarnos, la angustia y la ansiedad no nos ayudarán. Ya sé que es difícil aceptar el hecho, por disparatado e incomprensible, pero debemos mantener la calma.

Esteban, de por sí bastante nervioso, tartamudeando un poco opinó:

—Deberíamos llamar a Argentina, allá son cuatro horas menos, así sabríamos si es universal, aunque a lo mejor también se para a las doce menos diez, como pasó acá.

—Yo podría llamar a mi amiga, la que vive en Holanda.— sugirió Mercedes

—¿Para qué van a llamar?, pronto darán las noticias en la tele.— expresó Paula

Fue entonces cuando comenzaron a hacer conjeturas en el aire: que si sería transitorio o para siempre, que tal vez durase la noche como en los polos, por seis meses, las consecuencias de la falta de sol en todos los seres vivos, la pérdida de las cosechas, los frutos, la carencia de comida, la muerte de los animales, el Apocalipsis, el fin del mundo. Las familias separadas por un mar no podrían reunirse porque a los aviones no les sería posible volar, los trenes correr, los subtes funcionar. Se salvarían de momento los buses y los coches particulares. Pero los habitantes irían perdiendo la facultad de calcular las horas, los días, los meses. Mientras todos divagaban, yo callaba tratando de medir, a tientas, el tiempo transcurrido, porque había quedado con él a las dos y media de la mañana, en la puerta de Play Girl's, la discoteca de moda.

Lo había conocido hacía tres días en una galería de arte, donde una amiga exponía sus últimas pinturas. Al verlo, todo mi ser se conmocionó, era el arquetipo físico de mi hombre ideal. Alto y delgado, de cabello oscuro y ojos de un intenso turquesa, nariz pequeña y carnosa boca, lucía un tostado veraniego en pleno mes de diciembre. Traté de concentrarme en el cuadro temiendo que mi mirada me delatase, me obligué a no posarla otra vez en él. Se acercó a mí y su preciosa voz, tan concordante con su figura como con esa chispa pícara asomada a sus pupilas, preguntó:

—¿Nos vamos?

—¿Por qué no? Yo ya terminé mi recorrido. ¿Y vos?

—¿Así que compatriota?...¡Qué sorpresa! Yo también acabé la muestra

Salimos a las Ramblas, hacía frío, el cielo encapotado presagiaba lluvia. Entramos en un bar. Pedimos dos capuchinos. Frente a las humeantes tazas de café, destejimos nuestra vida presente. En la siguiente ronda, nos atrevimos a adentrarnos en el pasado. Y en la tercera me habló de sus planes de futuro inmediato. Varios países más para conocer, antes de volver a Argentina. Sólo una semana más en Barcelona. Algunos amigos pendientes de visita en Badalona que no veía desde el 77, huidos de la persecución y la muerte. Cuando nos fuimos era de noche, una llovizna helada caía sin piedad. Me tomó del brazo, yo temblaba, él pensó que era de frío.

Quedamos para el día siguiente, en el mismo sitio, al finalizar mi horario de trabajo.

Nuevamente conversamos durante horas, la química era recíproca y mi enamoramiento total. El que dice que el amor a primera vista no existe, no sabe nada de amor.

Yo quería vivir con él cada segundo del tiempo que le quedaba en la ciudad, olvidarme del trabajo, de los compromisos, existir sólo para él. Esa noche me besó varias veces y puedo jurar que nunca otros besos me hicieron vibrar así. Iba a decirle si quería venir a mi apartamento, cuando me comentó que en la casa de los primos donde estaba parando habían organizado una cena para las diez de la noche, invitando a varios conocidos. Al día siguiente viajaba a Badalona y volvía a la hora de la cena, había prometido compartirla con sus parientes. Como era Nochevieja, en la oficina nos dejaron libres al mediodía. No veía la hora de que llegase el nuevo año cuando pasó lo que pasó. Me sentí bastante culpable de abandonar a mis compañeros hundidos en nefastos pronósticos y ocultando mi egoísta felicidad me fui.

Mientras conducía hacia su encuentro pensé que el mundo podía acabarse, sólo importaba que tuviésemos esa noche de amor y de ser posible, que la noche se prolongara eternamente, sin mañana, sin adioses y sin lágrimas.

Cuando llegué ya estaba esperándome. Al entrar nos sorprendió lo poco concurrido que estaba el lugar. Mientras unos cuantos se comportaban alocadamente, sin recato ni pudor, riendo con estridencia y sin auténtica alegría, otros bebían silenciosos tratando de encontrar en el fondo de la copa, la respuesta a muchas preguntas no formuladas en alta voz. Nos sentamos en un rincón oscuro, nos besamos saboreando nuestra saliva y bebiéndonos el aliento. Al compás de una vieja melodía, nuestros pies danzaron lentos, mientras su brazo apretaba mi cintura. Ni siquiera habíamos pedido algo para beber cuando dijo:

—Vámonos

Mi casa no quedaba lejos, mientras yo manejaba, él me acariciaba la parte interna de los muslos, el trayecto me pareció interminable. Fue cerrar la puerta del departamento y empezar a desnudarnos. Sus manos, mezcla de fuego y de sueño, recorrían mi geografía intensificando aquí y allá los "vivaces", para continuar con los "adagios", su arte era el de un eximio maestro. En cada abrazo enlazaba mi alma y en cada vaivén fundía mi carne. Por primera vez fui mujer. Luego, no todo se redujo a un intercambio de fluidos reiterados, sin apuros ni cansancio, sino en aquello en que el yo y el él deja paso al éxtasis de ser un solo acorde.

Como si hubiésemos pactado un acuerdo de silencio, ninguno de los dos hizo referencia a la noche larga que estábamos compartiendo, la paladeábamos con el mismo placer que lamíamos nuestros sexos al hacer el amor. Nos regíamos tan sólo por nuestras necesidades corporales, el sueño, el hambre, la sed, las ganas de una ducha y el deseo.

Matizábamos las demandas salvajes oyendo música, leyendo poesías o comentando los textos de nuestros autores preferidos. Vivíamos el ahora sin proyectos y sin mañana. La magnitud de mi amor se acrecentó, todo empezaba y acababa en él.

Yo terminaba de servir una ensalada y unos vinos, cuando de pronto, las saetillas del reloj de pared heredado de mi abuela, se pusieron en marcha. Diez minutos más tarde, tocó las doce campanadas. Encendimos el televisor. El presentador decía que se retomaba el momento del cese. El año comenzaba. Todo volvía a la normalidad. Nos quedaron tres días antes de su partida, los días más tristes de mi vida. No me prometió nada. No me incluyó en su después. Se fue. El sol brillaba, la mañana era clara, las voces de los niños del jardín de infantes, a la vuelta de mi casa, se elevaban felices. Bajé todas las persianas. Sumida en la oscuridad, me desplomé en la cama y me abracé a la almohada.

VACACIONES

Disponía de cuatro días de vacaciones a principios de octubre. Busqué las ofertas de viaje en Internet. Ofrecían una ida y vuelta a París, con estancia en un hotel céntrico y desayuno incluido, a un precio casi irrisorio. Me gustó la idea de pasear por esa ciudad que admiro, sin el bochorno del verano ni el sofoco de las prisas, como la última vez hacía ya cuatro años. En esa oportunidad disponíamos tan sólo de un día del mes de julio y mis acompañantes querían verlo todo, porque nunca habían estado allí.

Nadie de mis allegados estaba disponible para apuntarse a mi periplo, así que decidí ir sola, de todos modos. Me tocó una vecina de vuelo muy simpática, con un raro acento al hablar que no supe precisar. Dijo que el motivo de su viaje se debía a tener que oficiar de madrina de bautizo del primogénito de una prima y se hospedaría en su casa los cinco días que duraba su visita. Al llegar al aeropuerto comprobé que su francés era impecable, no como el mío, ya oxidado por el desuso de tantos años. Mientras esperábamos el equipaje, sacó una tarjeta de su bolso y me la dio diciendo:

—Aquí te dejo mi número de móvil, podemos arreglar para ir a algún museo, almorzar, cenar, o lo que sea. ¿De acuerdo?

—De acuerdo— contesté.

Al salir, mientras esperaba un taxi, vi como montaba en un coche particular conducido por un hombre al que no alcancé a divisar con nitidez.

Cuando llegué al hotel y acomodé mis bártulos, leí la tarjeta, rezaba Nadia Mikoulina y el teléfono. ¿Un apellido ruso? ¿De ahí el raro acento?...pensé.

Gané la calle sedienta de avenidas, parques, monumentos y bistròs.

El pálido sol de la tarde remoloneaba sobre las hojas amarillas, ocres y castañas de los árboles de la Place de la Concorde. Me senté en un banco y saqué de mi bolsillo el pequeño pan que me dieron en el avión y no comí, lo hice migas y se lo ofrecí a los gorriones que los picotearon de mis manos, sin temor, acostumbrados por ancestros a ser queridos y respetados.

Desanduve el camino gozando cada rincón, cada detalle, cada portal.

Entré en un bar y pedí un croc-monsieur, un café

y un coñac. A la mañana siguiente, después de desayunar, llamé a Nadia y quedamos para ir al museo de los pintores impresionistas. Supe que hablaba cinco idiomas y que de momento vivía en Grecia.

Durante mi estadía salimos varias veces, me resultaba agradable.

Llegó la mañana de mi partida, había acabado de controlar que nada faltase en mi bolso de mano y terminando de armar mi valija, cuando me llamaron de la recepción para informarme que una señorita de nombre Nadia preguntaba por mí.

—Hágala subir, por favor— ordené.

Abrí la puerta un poco sorprendida.

—Quería despedirme personalmente, lo hubiese hecho ayer, pero no nos vimos, así que decidí venir.

—Es muy amable de tu parte, ¿te sirvo algo mientras me pinto un poco? No tardaré.

—Bueno, no quiero importunarte, yo misma me serviré, tú a lo tuyo.

La dejé escasos quince minutos mientras me arreglaba. Cuando salí del baño, estaba terminando su copa.

—¿Nos vamos?— pregunté.

—Claro, te ayudo.

—No es necesario, sólo tengo esta pequeña maleta con rueditas, la cartera y mi bolso de mano. Todo en orden.

—Bien, ya tienes mi teléfono y yo el tuyo, estaremos en contacto, lo pasamos muy bien juntas. ¿No es cierto?

—¡Ya lo creo! Fue un placer conocerte.

Nos despedimos en el hall y yo tomé un taxi. Al llegar al aeropuerto me disponía a rellenar la ficha de embarque, cuando con horror comprobé que no tenía mi pasaporte ni mi porta tarjetas, estaba segura de haberlos puesto en su lugar. Incluso de haber constatado que los quinientos euros que me sobraron estaban en un compartimiento del tarjetero. Había pagado el taxi con el cambio que guardaba en el monedero. Mi pasaje sí estaba, mi polvera, el rouge, el peine…¡pero el pasaporte y las tarjetas habían desaparecido!

Expuse al empleado de la compañía aérea en mi deficiente francés, empeorado aún más por mi nerviosismo, lo que me ocurría. Me llevaron a una salita donde tuve que volver a relatar lo sucedido ante dos hombres y una mujer uniformada. Comprendí que les era dificultoso entenderme, entonces pregunté si podía expresarme en español o en inglés. Por suerte la mujer se defendía bastante bien en este último idioma y entendió el relato de mi historia. Les di la tarjeta de Nuria y la describí. Uno de los hombres abrió una carpeta y me mostró una foto. Era ella, con el cabello más corto y rubio, pero ella, sin duda. En el dorso de la instantánea decía Fabiola Castelnuovo, luego otra fotografía con el cabello hasta los hombros y pelirrojo, en esta ponía Marlene Blanchet. Yo no salía de mi asombro. No me aclararon nada sobre la crónica de esa mujer que no sólo me había robado, mentido y engañado, sino también envuelto en una situación harto delicada.

Dije lo que yo era, una viajera de nacionalidad argentina, con ciudadanía británica, residente en España. Como mi pasaporte era británico, llamaron a la embajada. Hasta que se comprobaron mis datos y mandaron a un empleado, mi vuelo partió. Tuve que llamar a mi hermana para que me enviara el dinero para un nuevo pasaje, por suerte había donde cobrar un giro en el recinto, el papel de la embajada me sirvió de salvoconducto para hacer efectivo el cobro del dinero y para volver a casa. Les entregué a las autoridades la tarjeta que esa mujer me dio. Nunca supe su verdadero nombre, ni a qué se dedicaba, ni para qué podía necesitar mi pasaporte. Pasé siete largas horas esperando un vuelo, pero la pesadilla vivida no destruyó el inmenso placer de haber estado en París, una de las ciudades más hermosas del mundo, una vez más. Aprendí del error, tomé desde entonces recaudo ante las personas desconocidas, por simpáticas, políglotas y atentas que fueran.

PATTY

Miro el reloj, se me hizo tarde, tendría que haber salido de casa por lo menos media hora antes. Llego a la casa de mi amiga. Toco el timbre reiteradas veces, nadie contesta. Busco en mi bolso la llave que me dio tiempo atrás, para inusuales circunstancias. Abro, toda la casa está en penumbras, la llamo, nadie contesta. Levanto las persianas del living. Sigo llamándola, el silencio continúa. Entro en su habitación, descorro las cortinas y la encuentro allí, sobre la cama. Una jeringuilla está clavada en su brazo izquierdo. Los restos de la parafernalia utilizada para drogarse sobre la mesa de luz. La miro, los cabellos resecos y desaliñados, la cara abotargada y sin color, su boca en una mueca de deteriorados dientes. Un dolor punzante, que me atraviesa de derecha a izquierda y de norte a sur, me impide seguir de pie. Me desplomo en la butaca más cercana. Mis manos cubren mi cara, deseo borrar esa imagen, despojos de lo que ella fue.

Fuimos amigas desde el tiempo en que usábamos trenzas y moños, siguió cuando nuestros labios se cubrieron de carmín, luego, cuando encaramos nuestro futuro, el suyo, con ambiciones de triunfo, el mío con proyectos convencionales. Su belleza, su tesón y su talento, hicieron de ella una diva de la canción. Mientras para mí, la vida se delimitaba en ser una buena esposa y madre. Sin embargo, nunca hubo entre ambas envidias ni celos, por los pros de una y las carencias de la otra. Por el contrario, teníamos un especial respeto hacia nuestras diferencias.

Cuando llegó a la fama, entraron en su vida personajes de toda índole, en su mayoría nefastos. Yo, por entonces, ya estaba convencida de que la fama es tan difícil de sobrellevar como puede ser el fracaso. Después de su primera gran desilusión amorosa, empezó con una droga liviana que la hacía reír y unirse a un grupo heterogéneo con el que nunca, tal vez, hubiese conectado. Siguió con una euforizante, que le daba confianza en sí misma y le permitía beber en exceso sin ponerse borracha, otra que la hacía volar, cuando sus pies estaban tan cansados de ir y venir a platós colmados de audiencia, esperando respuestas sobre su vida personal. Hasta llegar a la final, la de la calma total, anuladora de la vida, antagonista de todos los deseos. Su voz se fue quebrando, sus amigos perdiendo, al igual que su belleza. Esta contorsión de su boca, nada tiene que ver con la hermosa sonrisa de antaño. Soy la única testigo del ayer y de hoy.

Haciendo un esfuerzo para controlar mi llanto, me levanto del sillón, me dirijo al teléfono y llamo a la policía.

EL PARTO

Los gritos de la parturienta se oían a un cuarto de legua a la redonda.

El médico debió recorrer un largo camino, desde el centro del pueblo hasta la granja de los Sullivan para asistirla. El hospital quedaba lejos, en la ciudad de Trelew, en la Patagonia Argentina, demasiado trayecto para el traslado de la paciente.

Cuando por fin el doctor llegó montado en su antiguo Citroën 2CV, viejo y destartalado, la encontró muy mal.

Nada hacía preveer, después de tres partos anteriores, sin complicaciones y normales, ayudada siempre por su vecina más próxima, una aficionada a comadrona, que este no fuera fácil.

El embarazo había transcurrido tan regular como los otros. Hasta el último momento había desempeñado las tareas de la casa y dado una mano al marido en el cuidado de las ovejas.

Lo primero que hizo el galeno fue aplicarle una inyección calmante, acto seguido, al revisarla, comprobó que la criatura venía de nalgas. La pobre mujer estaba exhausta de tantas contracciones y tantos infructuosos pujos. Mientras la medicina hacía su efecto, el facultativo llevó al marido a un rincón apartado para explicarle la situación. Había que realizar una cesárea inmediatamente, las condiciones eran precarias, pero en ese momento era la única solución plausible y debían correr el riesgo si querían salvar la vida de la madre y el bebé. El granjero, un hombretón alto y fornido comenzó a llorar como un niño, a recordar su actitud perentoria de frustración durante el nacimiento de su hija más pequeña, al comprobar que habían tenido otra niña y él esperaba un varón, un muchacho de brazos fuertes para labrar la tierra y atender a los animales. Se sentía culpable por sus palabras de reproche:

—¡Otra mujercita!, yo necesito un hijo, alguien robusto, las mujeres no están hechas para esta labor, son voluntariosas, pero no es igual.

A lo que su mujer respondió:

—Vendrán más hijos, ya lo verás.

Estaba convencido de haberla empujado a seguir gestando vástagos para complacerlo.

—Por favor doctor, sálvela, amo a mi mujer y no seré nada sin ella.

—Haré todo lo que esté en mis manos, se lo prometo.

—Por Dios, se lo ruego, mis hijas, usted lo sabe, ellas también necesitan a su madre.

El médico pidió ayuda a la vecina, le encargó varias cosas para iniciar la operación con el mayor saneamiento del que disponían.

A pesar del empeño, los obstáculos se multiplicaban, el nonato se había encajado en el canal de parto imposibilitando la cesárea, el pulso era débil. Si dejaba al niño más tiempo podía perderlo o causarle una anomalía para el resto de su existencia, no había siquiera posibilidad de elección, se armó de coraje y aplicó los fórceps.

—¡Es un varón!— exclamó el médico, colocando al recién nacido en el pecho de la madre, quien mirándolo tiernamente, con lánguida voz dijo:

—El niño nace huérfano— y expiró.

EL PEINE Y LA PUERTA

El otoño había hecho su aparición y queriendo demostrar que no había rayo de sol que intimidase su arribo, dejó c que no se usaba como tal. El otro lugar favorito era el vestidor.

Caminar del vestidor a la alcoba, de la alcoba al aseo, montadas en los zapatos de alto tacón, con un sombrero de los reservados para las bodas, un chal en los hombros, collares, pulseras y bolso y retocar el peinado con aquel peine tan especial, era su juego preferido.

Esa última tarde tormentosa, la más pequeña dejó caer el peine, que fue a parar detrás de la puerta del lavabo sin que ella se percatara.

Cómplice de la travesura, la doncella las ayudó a poner todo en orden y bajaron al salón a ver unos dibujos animados en la tele.

El piso superior quedó en silencio.

De pronto una voz de metálico timbre se oyó, diciendo:

—Hola, me llamo peine y tú seguramente te llamarás puerta.

—Sí, es que soy una puerta— contestó con una hermosa voz de madera joven.

—Se olvidaron de mí y no me gusta nada yacer sobre este suelo tan frío, prefiero mi lugar habitual, allí tengo mis amigos, con los que comparto interesantes conversaciones.

—¡Que suerte tenés! Yo estoy muy sola, apenas me usan, a lo sumo tres o cuatro veces al día, no hablo con nadie y me aburre estar tantas horas en la misma posición.

—A mí hace años que no me utilizan, excepto a veces las niñas, por un rato, pero no me quejo, tengo muchos años y mucha historia, he visto y oído mucho, no me importa descansar.

—Yo en cambio soy muy joven, tengo dos años, sólo veo algunos cuerpos desnudos, alguno que otro culo y poco más, y oír, oigo muchas cosas pero se me escapa en ocasiones el significado de ciertas palabras. Algunas me sirvieron, por ejemplo, para conocer los colores, que lo que huelo son olores, aunque a veces no entiendo muy bien. Tu forma de hablar, por ejemplo, es igual al del tío Joaquín, que viene una que otra vez de visita, pero es distinta a la de los demás de la casa.

— Es que soy español y aquí son argentinos.

—¿Y eso qué quiere decir?

—¡Ay, chiquilla! Tu ignorancia me apabulla. Estamos en algo llamado mundo, el mundo se divide en continentes, estos en países, los países tienen distintas lenguas. Mi país de origen es España.

—Comprendo, entonces el tío Joaquín es español. Pero, por ejemplo, las flores que veo desde acá, cuando abren la ventana, supe que eran rojas, unos días antes de la llegada del tío español, alguien comentó que era rojo, pero cuando lo vi tenía el mismo color que todos los demás. También durante la primavera y el verano, puedo aspirar el perfume de las flores, que es tan exquisito como el de los frasquitos que usa la señora, pero, de pronto, un día la niña mayor hizo sus necesidades en este baño, el olor era horrible, pero cuando entró el papá dijo: —¡hummm, qué perfume a aromas del Cairo!—, y estas cosas me confunden. Como ves, mi existencia es muy poco interesante. ¿Por qué no me contás la tuya?

—Bueno, como no hay otra cosa que hacer, te la relataré.

Hace mucho tiempo, el conde Coloma pidió al mejor joyero de la corte que acuñara un peine para su esposa, el orfebre me creó usando los mejores metales, oro y plata, adornó con hojas y flores la parte superior y engarzó dos rubíes a los costados y un diamante en el centro. Fue un regalo de cumpleaños y moré en el Palacio Condal de Elda en el siglo XVII pasando de madres a hijas. Luego hubo un cambio, porque después de la bonanza del siglo XVI, la expulsión de la población morisca ocasionó la escasez de recaudación de impuestos y provocó durante mi vida allí que la economía de los condes fuese mermando y tuviesen que trasladarse a Valencia. Cuando juntaron sus pertenencias para la mudanza, no se llevaron ni los muebles, ni la sillería y se olvidaron de mí. El Palacio Condal quedó deshabitado, fue perdiendo su esplendor. Creo que alguien lo compró, lo que si sé es que acaeció una expoliación y se llevaron los mármoles, las maderas artesonadas, los muebles, metales, sillería y a mí. Esto pasó en 1848, un año de revoluciones y revueltas, cambié de manos varias veces, no vale la pena que te cuente los pormenores.

—Me encanta tu historia, me parece estar escuchando los cuentos que les leen a las nenas, de palacios y castillos, reinas, princesas, todo eso lo entendí, pero me explicás ¿que son los siglos?

—Siglos son períodos de tiempo de cien años. Por ejemplo el siglo XVII empezó en el año 1.600

—¿Quiere decir entonces que tenés…?

—No me lo recuerdes. Sí, muchos años, pero los que estamos hechos de ricos metales podemos perdurar siglos. Hay materiales que pueden permanecer inalterables. El material de los hombres es perecedero.

—Comprendo. ¿Y yo? ¿ Sabés si la madera resiste siglos?

—Depende, es más vulnerable y está subordinada al cuidado del hombre. ¿alguna pregunta más?

—Sí, eso de la recaudación de impuestos y de la merma de la economía, tampoco supe que quería decir, me pasó lo mismo que con el tío Joaquín y con el perfume, acá a veces dicen, "no te olvides de pagar los impuestos" y también "hay que hacer un poco más de economía".

—¡Ay tontina! ¿No sabes que la nobleza recibía dinero de las contribuciones de impuestos? A los condes les entraba menos dinero, se volvían menos ricos. ¡No me dirás ahora que no sabes lo que es el dinero!

—Sí, ya lo sé, escucho muchas discusiones a raíz de él.

— Bueno, ¿y ahora qué?, ¿puedo continuar?

—¿ Qué son revoluciones?

—Se originan cuando una parte de los habitantes de un país está en contra de las instituciones políticas y exigen un cambio en forma violenta. ¿Me has entendido?

— No del todo. ¡Pero es tan interesante que estoy ansiosa por seguir escuchándote!

— Bien, como decía, desde 1848 cambié tres veces de manos, en 1909 me compró un francés que desempeñaba un alto cargo en París. Por aquel entonces una bailarina de danza exótica hacía furor en los escenarios de esa capital, Montecarlo y Berlín. De una belleza de rasgos orientales impregnados de sensualidad, despertaba pasiones a su paso. Aclamada y deseada, el funcionario cayó rendido a sus pies, y me entregó como presente. Mi nueva dueña se llamaba Mata Hari. Me es imposible olvidar la suavidad de sus manos, el olor de su piel, la caricia de su pelo. Aquellas antiguas mujeres a las que había servido, no tenían comparación, aún perteneciendo a la nobleza. Tenía cantidad de amantes, militares, políticos de alto nivel, funcionarios y la alta sociedad, en general.

Fui testigo de su arte en los escarceos amorosos, oyente de suspiros y jadeos, veedor de su cuerpo y sus curvas desprovisto de velos. Una intensa emoción se apoderaba de mí y maldecía una y mil veces no poseer la materia perecedera de los hombres, aunque más no fuese por el corto momento de yacer con ella y hacerle el amor, aunque en el éxtasis final me desintegrase, me pudriese como la carne de los humanos.

Ella se enamoró de un joven oficial ruso, se llamaba Vadim Masslov, creí morir de celos. Los amantes no eran importantes para mí porque sólo tenían su cuerpo, pero aquél joven de veintitrés años tenía su alma, su corazón, su pensamiento.

Estábamos en Berlín, su éxito como bailarina continuaba cuando se declaró la guerra, en ese momento era amante del jefe de policía la ciudad y poco después de Kraemer, cónsul alemán en Ámsterdam y jefe de espionaje de su país y contraespionaje francés.

—Perdón, ¿qué es una guerra?, y, ¿en qué consiste el espionaje?

—Es una desavenencia, una ruptura, una lucha entre dos o más potencias o entre bandos de una misma nación. En 1914 un grupo de países se aunaron para luchar en contra de otro grupo de países, pero hubo algunos que no intervinieron, se quedaron al margen. Estos fueron España, Suiza, Suecia, Noruega, Dinamarca y Holanda. ¿Recuerdas que te dije que el mundo se dividía en continentes y estos en países? Pues bien, todos estos son países que pertenecen al continente europeo. El espionaje consiste en averiguar disimuladamente las intenciones y los planes de ataque de un país en contra del otro. ¿Comprendido?

—Sí, perfectamente.

—Sigo, Kraemer pensó que ella era idónea para sonsacar información a los militares franceses, ante la propuesta ella aceptó a cambio de considerables sumas de dinero.

—Vadim fue herido, la mujer de mi embeleso logró, mediante sus influencias, un pase que le permitía el tránsito por el territorio en guerra, para visitarlo en el hospital. No me llevó con ella, me dejó a merced de mi dolor y mi angustia. En 1915 dejó de bailar, pero recuerdo que viajábamos mucho a Madrid, Ámsterdam y París.

En 1916 tuvo relaciones con militares de todas las nacionalidades y estoy convencido de que si filtró alguna información a unos u otros, lo hizo sin malicia, como si de un juego se tratara, porque no era maligna, tan sólo una casquivana cuyo amor seguía perteneciendo a un solo hombre, Vadim Masslov. Pero Francia la consideró una traidora y la encarcelaron por cargos no fehacientemente demostrables. Mi existencia cayó en un pozo de oscuridad e incertidumbre.

—Te interrumpo otra vez, ¿qué quiere decir "casquivana"?

—Una persona de poco juicio, una alocada.

—¿Y "traidora"?, ¿y "encarcelaron"?

—Traidora es quien comete delitos contra la patria, o sea su país, sirviendo al enemigo. Encarcelar es poner preso, privar de libertad metiéndolo en un cuarto con barrotes, en un edificio llamado cárcel. Nosotros no conocemos la libertad, no tenemos piernas que nos lleven donde nos de la gana, o nos permitan bailar, no podemos elegir el lugar en que queremos pasar nuestra vida, debemos resignarnos a aceptar el sitio que ellos, nuestros amos eligen. No tenemos brazos para abrazar lo que amamos, si en algún momento abrigamos ese sentimiento. Ni manos para palpar el objeto de nuestro deseo.

Lo malo es que muchos humanos dotados de todas las posibilidades y con tan poco tiempo de morar en este mundo, no saben luchar por ella. ¿Entiendes lo que te digo?

—¡Ya lo creo! ¡Seguí por favor!

—Bien. Su más querida amiga, una bailarina de poco renombre, me recibió en sus manos como recuerdo. Volví con ella a Madrid. Meses después, el 15 de octubre de 1917 supe que la habían ajusticiado, que se había maquillado y vestido primorosamente para la ocasión, que no quiso que le vendaran los ojos y que les envió un beso de despedida a los integrantes del pelotón de fusilamiento. Me enteré que nadie reclamó su cadáver y que aquél cuerpo que nublaba mis sentidos, había sido entregado para estudio a los futuros médicos, abierto en canal, despedazado, sobre una mesada de mármol. Caí en la más profunda depresión y me juré no volverme a enamorar por más años que durase mi vida, porque esta se había ido con ella. Volvería a ser lo que fui, un peine de oro y plata, resignado a su función, carente de deseos humanos, de pasiones y de sueños, descontento de su utilidad o de su poca utilidad cuando era confinado al opaco recinto de una caja o un cajón.

A Clara, (así se llamaba ella), nunca la peiné, me sacaba de su escondite para acariciarme y besarme como si de un talismán se tratara, para luego devolverme al lugar que me había asignado. No me importaba, porque ya todo carecía de importancia para mí. Desde mi sitio, seguía los avatares de su día a día. Había dejado la danza poco después que mi amada nos abandonase, involucrándose con un sujeto despreciable que la obligaba a prostituirse y entregarle casi todo el dinero que ganaba, y cuando éste no le parecía suficiente, le pegaba. Harta ya de los golpes, del crujir de camas ajenas, del sudor de los individuos no deseados, del ardor de sus pies cansados de subir y bajar malolientes calles suburbanas, me arrancó un rubí con lágrimas en los ojos, me apretó muy fuerte y me llevó hasta centro de la ciudad. Recuerdo que entramos en varias joyerías, donde ofrecía mis gemas a cambio de dinero, hasta que por fin dio con una que pagaba bien. Entregó uno de mis rubíes con tristeza. Al volver a la casa, me acarició llorando mientras me decía: "lo siento, pero no me quedaba otra para salvar mi pellejo, nos vamos lejos, muy lejos". Juntó sus cosas y partimos. Corría el año 1935 y la situación en España se deterioraba tanto política como socialmente. Embarcamos en un navío hacia Argentina. La travesía fue larga, casi cuarenta y cinco días en los que sólo vimos cielo y mar. Cuando por fin llegamos al puerto de Buenos Aires nadie la esperaba, su pobre equipaje consistía en una maleta de cartón. Subimos a un tranvía que nos llevaba al corazón de la urbe. En la primera orfebrería que encontró, ofreció mi otro rubí, con el dinero de la venta alquiló un cuarto en una casa compartida. Yo había perdido parte de mi belleza, pero no me importaba, estaba orgulloso de servir para algo más importante que acomodar unos cabellos fuera de sitio, mucho más esencial que un primoroso objeto valioso. Consiguió un trabajo como mucama sin retiro, era la casa de la abuela de nuestra actual dueña. Me escondió como siempre, me acarició y besó como siempre, hasta el día de su muerte. Cuando retiraron sus pertenencias del dormitorio que ocupaba, me encontraron. Fui de la abuela, luego, de la madre y ahora, de la hija.

—¡Qué historia maravillosa! Me imagino que otra puerta en mi lugar sentiría mucha envidia, pero yo no albergo ese tipo de sentimientos. Estoy muy contenta de que me honraras con tus recuerdos.

En eso entró la doncella a repasar el baño, encontró el peine y lo volvió a ubicar sobre el tocador, cerca de los frascos de perfume, la polvera, los cepillos, el colorete, los lápices de labios, la máscara de pestañas y los barnices de uñas.

CITA

El anciano, como de costumbre, se levantó temprano. Era un día radiante de setiembre, cuando el agobio del calor veraniego deja paso a la suave brisa del soleado otoño que se disfruta en esta zona privilegiada de España, la provincia de Alicante.

Por razones desconocidas, esa mañana sintió dentro de él, la imperiosa necesidad de ver el mar. Desde que su esposa enfermara no había abandonado el pueblo de Orcheta, enclavado en el interior, circundado por montañas pero cercano a la costa y a pocos minutos de Benidorm. Hacía de esto doce años.

Durante más de cuarenta lo habían compartido todo, la pasión de la primera época, el sereno y adulto amor de la edad madura, siempre tan enamorados como cuando se conocieron, apoyándose, reconfortándose y ayudándose a crecer, porque ¿en que otra cosa consiste la vida para lograr la verdadera felicidad?.

Cuando ella murió, sus entusiasmos se desvanecieron, sus inquietudes partieron para siempre, ni el cuidado de la huerta, de la que se sentía tan orgulloso, le proporcionaba placer. Sobrellevaba su soledad en el reducto cotidiano de su hogar, rodeado de objetos largamente compartidos, fotos del ayer, cartas del pasado que el tiempo amarilleaba.

Esa tarde, decidido, bajó a Benidorm. Sus ojos miraban asombrados el cambio operado en la fisonomía del lugar, altísimos edificios, nuevas avenidas, obras en construcción de desnudos esqueletos grises. Al llegar a la Playa de Poniente, comprobó que nada había cambiado, ni el olor a salitre, ni el turquesa que le otorga la luz en esa época del año, ni el ancho cinturón de arena, ni las imperturbables y desafiantes rocas del recodo final. Se sentó un momento. El atardecer comenzó a pintar de fiesta el cielo, hasta ese momento azul, tiñéndolo de naranjas salpicados de rosas y de verdes. De pronto, la vio. Caminaba sonriente por el borde del mar, la castaña melena al viento, la piel dorada como un bizcocho de jengibre y miel. Se incorporó presuroso, apuró el paso, gritó su nombre, su amada giró la cabeza y se detuvo, sin dejar de sonreír abrió sus brazos, al rodearla en un estrecho abrazo, sintió su calor, el aroma inconfundible de su cuerpo.

—Te esperaba— dijo ella y tomándose amorosamente las manos, echaron a andar.

LA BODA DE MAGGY

Acababa de terminar el último bocado de mi cena cuando el teléfono sonó. Era mi prima Maggy dándome la noticia de su próximo casamiento. La nueva no me tomó por sorpresa.

Hacía tres años que ella se había ido de Buenos Aires a Escocia con un buen contrato de trabajo que le permitía ocuparse en lo que era su pasión, las excavaciones arqueológicas. Su partida concordó con la ruptura de la relación amorosa más importante que tuve en mi vida. Me sentí devastada, ya no tenía su hombro para apoyarme a llorar sobre él mi desventura y mi pena.

Acostumbradas como estábamos desde siempre a compartirlo todo, deseando poner distancia entre la ciudad, testigo cotidiano de mi turbulento amor y achicar kilómetros entre mi prima y yo, busqué y logré un puesto en el Reino Unido, para ser más precisa, como profesora en la Universidad de Cambridge. Nuestra cercanía dejó de ser casi vecinal, pero nos conformamos con nuestros asiduos encuentros y múltiples llamadas telefónicas semanales.

Maggy, eternamente seria, responsable, reservada, es sin duda alguna, mi antítesis, tal vez por ello nos llevamos tan bien.

Mientras yo, durante esos dos y medio años viviendo en Inglaterra, había intentado olvidar a quien había amado, mediante cuatro idilios truncados, ella encaró uno, con todas las visas de una papeleta ganadora. Charles es un arquetipo nacional, alto, delgado, rubio, de ojos intensamente azules, buen jugador de criquet, amante de las tradiciones, los protocolos, algo flemático y poseedor de todos los contras y todos los pros que da el pertenecer a una familia de gran alcurnia y mucho dinero. Conociendo a mi prima a conciencia, sé que en este noviazgo no hubo intereses adyacentes, tan sólo amor. Ella encontró en él su príncipe azul y él a una mujer cuyos atributos físicos, morales e intelectuales, eran hasta imposibles de soñar.

Programaron la boda con varios meses de antelación debido a que nuestra familia está diseminada por casi todo el globo terráqueo, Argentina, Canadá, USA, Australia, Suiza y Francia. Debido a esto, nunca podemos juntarnos todos, pero este casamiento podía, gracias a la financiación de los contrayentes, reunirnos por fin.

Maggy me pidió que fuese dama de honor, a los niños de su futura cuñada, los pajes encargados de entregar las arras, mi hermana Claudia, mi prima Norma y mi prima Susana las restantes damas de honor. Al cura que había oficiado el casamiento de los padres de Charles, la boda.

La planificación de las nupcias fue complicada, había que ubicar a los invitados en un hotel cercano al lugar de la ceremonia, a mis primas y hermana en mi apartamento, con días de anterioridad para la prueba y reajuste de los vestidos, enviar los pasajes, contratar el salón y el catering.

Todo fue organizado a la perfección. El viejo sacerdote había sido trasladado a la iglesia Saint Mary's en Shephall Green, Stevenage, Inglaterra, así fue que se decidió que todos los invitados se alojasen en un hotel de cinco estrellas cercano, donde también se ofrecería el banquete de bodas.

Tanto los padres de Charles, como los padres de Maggy, que oficiaban de padrinos, Charles y el resto de su familia residentes en Escocia, se hospedaron en el hotel, conjuntamente con los demás, venidos de diferentes lugares.

El día anterior a la ceremonia, Maggy y nosotras, las damas de honor, dejamos mi apartamento en

Cambridgeshire y nos fuimos a la espaciosa casa de la hermana del novio, casada con un miembro del parlamento inglés y sita en Saint John's Wood, un barrio aristocrático de Londres. La boda se programó para las seis de la tarde por lo que a a la una ya comenzamos con los preparativos, sesión de peluquería, maquillaje y vestuario. Como es de suponer, observamos una precisa conducta con respecto al cumplimiento del horario, a sabiendas que los británicos son extremadamente puntuales. Los niños terminaron su atuendo diez minutos antes y comenzaron a corretear por los pasillos ante la reprensión áspera y airada de su madre.

A las cuatro llegó la limusina y nos instalamos en ella rumbo a Hertfordshire. A poco de entrar en el túnel sobre la A1 (M) situado en Hatfield tuvimos que detenernos, una larga hilera de coches parados tanto delante como en el otro carril, nos impedía avanzar. Giramos la cabeza y observamos que detrás de nosotros la fila de autos era similar. Comentamos con el chofer que seguramente nos demoraríamos un rato, debido a que ya estábamos sobre la hora punta en que hay más tránsito debido a la salida de los diversos empleos. Pasada la media hora de espera escuchamos la sirena de una ambulancia, poco después la de los bomberos, abrí la puerta de la limusina tratando de atisbar lo que sucedía, pero la larga cola de vehículos me lo impidió. Media hora después, volvimos a escuchar las sirenas y respiramos aliviados pensando que por fin se habría solucionado el problema, pero estábamos equivocados, seguíamos detenidos. Empezamos a ponernos nerviosos cuando el sonido de los nuevos silbatos llegó a nuestros oídos. Los niños comenzaron a excitarse y pelear y su madre a reprenderlos. La novia contenía a duras penas el llanto, por temor a estropear su maquillaje.

—Un poco más de paciencia, seguro que un ratito reanudamos la marcha— dije yo no muy convencida, tratando de apaciguar los ánimos. Pero los minutos pasaban y nada nuevo ocurría. La hermana de Charles trataba inútilmente de llamar desde su móvil a su marido para informarle el porqué de la tardanza, pero no tenía cobertura. Se nos hizo la hora en que debíamos estar en la iglesia y seguíamos en el túnel. Decidí bajarme y andar hasta el lugar donde se había producido el incidente. Dejé mi ramo de flores naturales en el coche y me llevé el teléfono. Un fuerte olor a gasolina flotaba en el aire, el suelo, oscurecido por las emanaciones de los tubos de escape, dejaba ver aquí y allá negras manchas de aceite. Sufrí pensando en mis hermosos zapatos de altísimos y finos tacones, pero mucho más aún en el borde de mi largo vestido, cuya parte delantera podía ligeramente alzar, aunque no así la posterior, que formaba una pequeña cola, con la que sin duda barrería el sucio piso.

Comprobé que como yo, otros atascados compartían mi decisión de saber a qué atenerse en cuanto a la magnitud de los hechos y la posible demora ulterior. Al llegar, una quincena de personas me impedía ver con claridad, fui haciéndome camino pidiendo por favor y dando las gracias, alguien ansioso por demás me pisó la cola y al dar, sin saberlo un par de pasos hacia delante, se rasgó. Más de un brazo topó con mi peinado recogido y las flores naturales que lo adornaban y terminaron pisoteadas. Por fin divisé el choque. Seis vehículos habían colacionado obstruyendo completamente las dos vías de circulación, los automóviles una masa retorcida de chatarra incrustada dentro de otra. Cuatro policías daban explicación de los hechos y calculaban terminar el desbloqueo en aproximadamente un poco más de una hora. Los bomberos y los paramédicos seguían trabajando para sacar de uno de los amasijos el cadáver de un hombre. No me dieron cuenta de cuántos habían sido los heridos y los muertos, pero vi que la catástrofe podría haber sido peor si la intervención se hubiese demorado, ya que uno de los coches había comenzado a arder y las llamas fueron inmediatamente sofocadas.

Traté de comunicarme, pero el móvil seguía sin cobertura.

Volví a mi puesto, el chofer y la novia estaban al lado de la puerta de la limusina fumándose un cigarrillo. Las manos de Maggy temblaban, se había sacado el velo, tenía el rimel corrido y los labios sin rouge de tanto mordérselos. Mi querida prima me miró y volvió a ponerse a llorar al ver lo que había quedado de mi peinado, sin imaginar el estado de la parte de atrás de mi vestido. Me asomé al interior, le pedí un cigarrillo a mi hermana, observé que sólo los niños estaban tan deslucidos como yo, ella mostraba una mancha de chocolate en la pechera de su ropa y él una mojadura de refresco en sus pantalones. Las demás estaban perfectas, tomando champán y riéndose de la situación.

—No sé por qué nos preocupamos tanto si no tiene remedio, nos esperarán, no hay otra— dijo mi hermana.

—Vení a tomarte unas copas, la bebida está helada, es de muy buena marca, un verdadero placer que te hará olvidar la demora— dijo Susana

—¡Bueno!...¿Es que nadie va a preguntarle que averiguó?— dijo Norma

En eso subió la novia y yo volví a ocupar mi asiento.

—Fue un choque múltiple, todavía están trabajando para rescatar un cuerpo, pero piensan que alrededor de un poco más de una hora terminan. ¡Y nos pondremos en marcha!¡Ah, me olvidaba!, no me fue posible ponerme en comunicación, no hay cobertura— informé.

Llegó la hora señalada para la boda, el novio, los padrinos y los invitados, ataviados con sus mejores galas, esperaban en la iglesia. Esperaron más de una hora sin siquiera rechistar, por aquello de que la novia era argentina, por lo tanto latina y tenían entendido que a ellas les gustaba demorarse en las ceremonias de casamiento, para hacerse desear. Cuando ya llevaban dos horas de espera, un temor no expresado fue adueñándose de sus mentes ¿y si a último momento la novia se había arrepentido? Los únicos que no dudaron de que algo malo había pasado y de que por razones desconocidas no tenían noticias de lo sucedido, eran el novio y los padres de Maggy.

Todos los demás, tanto de un lado como del otro de la familia recelaban acerca del asunto.

Cuando se cumplieron las dos horas y media de tardanza y los cirios habían disminuido de tamaño, tocaba la ceremonia anglicana y la grey comenzó a ocupar los asientos, el padre de Charles propuso que fuesen al pub más cercano. Ante el estupor del propietario, la elegante comitiva llenó el local y eran tantas las cervezas y los whiskies a despachar por ronda, que tuvo que pedir ayuda a su mujer para servirlos.

Noventa minutos más tarde, la mayoría de los hombres sin corbata o pajarita, desprovistos de frac, con las mejillas carentes de su cotidiana palidez, las mujeres sin sus sombreros y el cura con la cara tan roja como un tomate, todos, excepto el futuro marido, bastante chispeados, recibieron la noticia de que la novia y su comitiva habían llegado.

Ni bien reanudamos la marcha, la futura cuñada logró la ansiada cobertura, explicó la situación a su hermano y la hora del arribo.

Mi prima, tan seria, responsable y reservada, ante el inminente fracaso del día más importante de su vida, había perdido durante la espera su natural aplomo, y al borde de un ataque de histeria, sin tener a mano un sedante, insistimos en que se sumara a la ingesta del licor, algo que aceptó como medicina alternativa. Desacostumbrada como estaba a la bebida, a la tercera copa bloqueó todo lo que la atormentaba, las conjeturas de los invitados, el posible desastre del banquete, el deterioro de la vestimenta y se dejó caer en un sueñito etílico. Los niños agotados, también durmieron el tramo final del viaje. Cuando faltaban escasos minutos para hacer nuestra aparición, despertamos a los durmientes. No contábamos con nada para mitigar nuestro aliento a alcohol. Recompusimos a los pajes, a Maggy, a nosotras mismas lo mejor que pudimos. Al presentarnos en la iglesia, vimos que los asistentes a la retrasada ceremonia se exhibían tan deslucidos en su atuendo personal como nosotros, y lo que más nos sorprendió, fue que tanto los padrinos como el sacerdote que ostentaba además cachetes y nariz purpúrea, emanaran tufo a whisky.

El ágape, que con seguridad había costado un dineral, dejó de ser lo ambicionado, ciertos platos habían sido recalentados, las flores naturales que adornaban las mesas estaban ajadas, pero la bebida y la música seguían siendo de primera. Corolario, se bailó y bebió hasta que cantidad de los invitados, borrachos como cubas, desplomados sobre las sillas, necesitaron ayuda para llegar a sus cuartos.

Ahora, después de un par de años transcurridos, al ver las fotografías reímos como colegialas, pero en aquel momento fue un duro choque para Maggy, tan seria, responsable y reservada.

No sé si algún día me casaré, pero de hacerlo estoy segura de que será una boda civil, sencilla, sin atuendos especiales, muy, pero muy íntima.

JUEGOS PELIGROSOS

Caminaba por la calle Maza en dirección a Hipólito Yrigoyen, cuando la vio doblar la esquina, en la vereda de enfrente y en dirección opuesta. El viento otoñal le levantó la pollera a la altura de los muslos, dejando ver unas hermosas y torneadas piernas. No pudo reprimir una sonrisa mientras observaba el gesto de disgusto dibujado en su cara. La miró con la curiosidad que siempre despertaba en él la visión de una jovencita. Le gustaron sus facciones tanto como sus extremidades. Se paró en la puerta de la casa de su primo, demorando oprimir el timbre. Ella entró en un edificio, él miró la hora. Pensó que sería cuestión de volver otro día, tal vez fuese un horario de rutina y su posibilidad de abordarla.

A los dos días estaba allí, esperándola. Cuando ella apareció, se acercó a hablarle. La conversación fue amena, pero corta, Lidia, que así se llamaba la piba, no podía demorar su vuelta a casa, porque podían preocuparse por la tardanza. Él le propuso ir a tomar el té a Las Violetas esa misma tarde y ella aceptó. Era tiempo de cenar cuando se despidieron, no sin antes quedar para el siguiente sábado por la tarde. La pasó a buscar y la llevó a la casa que compartía con su madre, que nunca estaba, casi directamente a su habitación y casi de inmediato a su cama.

Instauraron un ritual sabatino en que las luchas cuerpo a cuerpo precedían al sexo. Él nunca había tenido una amante amiga de ese tipo de juegos, lo divertía y le gustaba. La travesura se fue haciendo cada vez más violenta, estableciéndose como preámbulo ineludible. La culminación llegó cuando habiendo transcurrido dos meses de vínculo, un atardecer en que él pretendía romper con la rutina, ella decidió provocarlo. Se paró desnuda en medio del dormitorio diciéndole:

—¡Vamos, vamos! ¿Qué pasa con vos, tenés miedo de que te gane? Creía que con esa fuerza y esos músculos aceptarías por fin ser un macho Alfa, que al final me someterías y ejercerías tu dominación, pero no, sos un blandito, todo este tiempo entrenándote para sacar de tu interior el animal que pensaba llevabas escondido…para nada…

Logró enojarlo y la tomó con fuerza del cuello empujándola hasta el ropero, que vibró ante el impacto, dejando caer la talla en cristal de Murano de un águila, que se quebró con el golpe. La observó colérico, ella mostraba una mirada lujuriosa mientras repetía: —pegame, pegame si de verdad sos hombre…—, con voz anhelante.

Fuera ya de sí le dio una trompada, la agarró del cabello y la tiró sobre el lecho. La penetró con furia y eyaculó al instante.

—Vestite pronto, tenés que irte.

—¿Por qué tan temprano?... ¿Y me vas a dejar así?...

—Vestite te digo, mi mamá está al caer.

Lidia obedeció. La acompañó hasta la puerta, mientras la abría le dijo:

—Esto se acabó, no quiero verte nunca más.

Ni siquiera le dio tiempo a responder antes de cerrar con llave.

EL ANÓNIMO

Al volver de la oficina, cargada de compras para el festejo de nuestro tercer aniversario de vida en pareja, contenta ante el proyecto de una velada memorable y romántica, abrí, como todas las tardes, el buzón de la correspondencia.

Cuando entré en casa la dejé sobre la consola del recibidor y fui directo a colgar el vestido que estrenaría esa noche, guardar en su cajón el nuevo y sexy conjunto de lencería y la cajita del regalo para él, un hermoso par de gemelos de oro.

Consulté mi reloj y constaté que disponía de dos horas para acicalarme antes de su arribo, tiempo suficiente para cumplir con todos los rituales a fin de lucir espléndida.

Mientras preparaba un baño de espuma, me recogí el cabello, exfolié mi cutis y me coloqué una mascarilla. Media hora después estuve lista para el maquillaje que debía ser perfecto. Al finalizar, comprobé que estaba realmente linda.

Me serví una copa, encendí un cigarrillo y recordé no haber abierto el correo. Entre los usuales avisos de pagos, había un sobre sin membrete ni remitente. Tanto mi nombre como mi dirección habían sido escritos a ordenador, recortados y pegados.

Lo abrí, y mis ojos no podían dar crédito a lo que estaban leyendo.

Alguien me contaba que desde hacía más de un año él me era infiel. Detallaba en qué días de la semana y en qué horario se veían, que aquél viaje a Mar del Plata dos meses atrás no había sido de negocios, que el coche que me había regalado era gemelo al que había regalado a la otra y el solitario que adornaba el anular de mi mano derecha, igual al que ella exhibía. Que la llenaba de atenciones, que la trataba como a una reina.

Al llegar a este punto, rodó el vaso de mi mano, derramándose lo poco que quedaba de bebida sobre mi nuevo vestido, yendo a parar a la alfombra que amortiguó la caída impidiendo su ruptura.

No había firma. Era un anónimo. Un anónimo es siempre una carta cobarde. Pueden escribirse mentiras para lograr propósitos inconfesables. Entre nosotros nada había cambiado, el sexo seguía siendo tan fantasioso y lleno de fogosidad como al principio. Su consideración, su generosidad, todas las virtudes que descubrí en él ni bien conocerlo, seguían estando vigentes. Me aferraba desesperadamente a la idea de que todo era una vil calumnia, una estrategia para destrozar nuestra relación. No había podido evitar que mis lágrimas cayeran, copiosas y despiadadas, destruyendo mi impecable maquillaje. Sin saber cómo obrar, qué decisiones tomar, corrí a componer mi semblante antes de que él apareciese. Rápidamente volví al living y escondí el anónimo, no sin antes caer en la cuenta de que el sobre no tenía matasellos. Esto quería decir que lo habían colocado en el buzón personalmente. ¿Sabría el que lo hizo que justo ese día era nuestro aniversario? ¿Estaría tan al corriente de nuestra vida?

Tenía, por fuerza, que ser alguien cercano, celoso de nuestra felicidad, tal vez una mujer de las tantas que lo codiciaban.

Decidí que nada ni nadie ensombrecería esa noche, que los intentos de sabotear el agasajo no le darían resultado. No quería dar más vueltas al asunto.

En eso sonó el timbre, era un recadero con una cesta de rosas.

Cuando trataba de calmarme, llegó él, tan jovial como siempre, tan cariñoso y tierno como siempre.

—Gracias por las flores— dije

—Me alegro que te gusten. ¡Estás preciosa!. Me voy a cambiar, en media hora tenemos que salir, hice una reserva en "Los Miqueles"-.

—Estupendo, ¿querés un whisky?

—Sí, gracias.

Serví las bebidas y tomé la mía de un trago. Ya estaba bien, todo estaba bien, tan bien como siempre.

Apareció con el saco en el brazo y un estuche en la mano.

—Creo que te falta algo, un accesorio especial, acercate y date la vuelta.

Entonces me puso el collar, era bellísimo.

Yo extraje la cajita con su regalo y se lo dí.

Nos fuimos al restaurante. El se mostraba orgulloso de mi aspecto y yo me sentía halagada. Los whiskies, el buen vino, el rico primer plato y la amena conversación, habían logrado disipar mi angustia de pocas horas atrás.

—Voy al toilette, enseguida vuelvo— dije

A punto de retirarme del aseo, se me acercó una mujer, casi de mi estatura, más o menos de mi peso, tan rubia como yo, de ojos tan claros como los míos, luciendo un collar igual al mío y un solitario en el dedo anular de su mano derecha igual al mío.

No quise seguirla al parking para ver como se montaba en un Mercedes deportivo gris plateado, no valía la pena, y es que ya nada sería como siempre.

EL LADRILLO Y LA MANZANA

Las remodelaciones en la casa habían terminado. Quedé sobrante, como muchos otros, la mayoría fueron tirados a un contenedor, conjuntamente con los enseres en desuso de la casa. Un par de niños me rescataron de mi destino final y me llevaron, atado a una cuerda hacia un lugar del jardín, para jugar conmigo a un juego que desconocía. Cuando se cansaron, me dejaron abandonado bajo un manzano. El árbol era frondoso y me daba cobijo en esos tórridos días de verano. El perfume de los frutos, madurando, me envolvía y yo, por primera vez, me sentía feliz. Aquello no era lo mismo que aguantar el sol de pleno, la lluvia castigándome, o lo que es peor, sucumbir a la asfixia bajo una capa de argamasa, era estar en contacto con la tierra, con la hierba, con todo un abanico de cercanos verdes. Al llegar setiembre, cantidad de manzanas amarillas verdosas, redondas y aromáticas poblaron mi cielo, las escuchaba respirar a través de sus puntos oscuros, sus órganos, llamados lenticelas. Me sentí avergonzado de mi forma, mi color, mi consistencia.

Una joven señora bonita y elegante, apareció una mañana en compañía de otra, mucho menos atractiva, regordeta y servil, portando una cesta. A las indicaciones de la que seguramente era su ama, la mujer arrancaba las piezas maduras y las iba colocando en la canasta. Algunos atardeceres, cuando el cielo se tintaba de rojos, los pequeños venían a recoger las manzanas ubicadas en las ramas bajas. Gozosos mordían y saboreaban la crujiente y bíblica fruta. Estas actividades se repitieron asiduamente, hasta que sólo quedaron en el manzano las ubicadas en lo más alto. Nadie vino por ellas, no trajeron una escalera a fin de alcanzarlas, las dejaron a merced de su sino.

Un mediodía, mecido por una fresca y suave brisa, una cayó encima de mí. Su piel era reluciente y tersa, su fragancia embriagante. Nunca había experimentado una sensación similar. Ella ocupaba la mitad de mi cuerpo y yo sentía, desde ese momento, que la totalidad de mi alma. No pude decirle nada, porque su idioma no tenía nada en común con el mío. Pocos días después un tajo inesperado hirió su epidermis. Un dulce jugo me empapó. Me llené de ella. La amaba más y más cada hora, cada minuto. Ella se fue achicando, arrugando, cambiando de color y de forma, hasta convertirse en algo parecido a una cáscara de nuez. Ahora la llevo en mí, modificando mi aspecto y lo más importante, la llevaré en mi corazón para siempre.

LA VIEJA CASA

La casa de mi tía abuela estaba situada en el barrio de Caballito Sur. Su estilo, tal vez popular a principios del siglo XVIII, fue ideado para albergar familias numerosas poco pudientes. Era la más fea y humilde de mi nutrida familia, pero para nosotros, el piberío, la de más encanto. Mis primos y yo vivíamos en bonitos departamentos más o menos céntricos, sin patios ni jardines, generalmente sin un gato que al acariciarlo nos recompensara lamiéndonos las manos son su chiquita y rasposa lengua, ni un perro que al volver del colegio nos recibiera dando vueltas como una calesita, tan contento como un mendigo al recibir unas monedas. A lo sumo, teníamos un canario encarcelado y solitario, que a pesar de ello no dejaba de regalarnos su canto. En nuestras casas estábamos acostumbrados a hablar casi casi en el mismo tono que usan los pecadores en el confesionario, para no molestar a los vecinos, a reprimir las ganas de saltar, para no incomodar a los de abajo, a no correr para no chocar con los muebles, vivíamos tan presos como las pobres aves canoras. Ni siquiera podíamos liberarnos saliendo a jugar en la vereda, las calles en que vivíamos eran muy transitadas y peligrosas. Pero en aquella vieja vivienda, emplazada en una tranquila barriada, recuperábamos la estridencia de las risas, el desbocado trote de nuestras piernas y el placer de ser infantes.

Nos deleitábamos jugando a la rayuela, a la escondida, a Martín Pescador, a las rondas y a las esquinitas con los chicos de la cuadra y nos turnábamos la bicicleta para dar vueltas a la manzana. Pero además de la satisfacción de poder recrearnos, sin restricciones ni temores, la casa en sí, albergaba para mí valiosos tesoros.

Una enredadera de glicinas con grandes ramilletes de flores azul liliáceo con las cuales mi primo Cacho me hacía guirnaldas y collares, una magnolia de flores blancas que aromaba el aire de los cuartos, una parra de moradas redondas y jugosas uvas, otra de apiñados racimos de ovalados frutos de verde color y dulcísimo paladar, un granado, un naranjo y una higuera, bajo la cual me dieron mi primer beso.

Un perro mezcla de varias razas, de pelo hirsuto y carácter tierno, anunciaba mi llegada y disputaba mis mimos con un gato, tan carente de abolengo y tan zalamero como su rival. En el fondo un gallinero y una conejera. Me encantaba tomar los pollitos entre mis manos, ese suave plumoncito amarillo que al ir creciendo va cambiando de tono y de textura. También dar de comer a los conejos.

Para mis primos, moradores de viviendas de propiedad horizontal que sólo veían animales en los escaparates de las pajarerías, o en el zoo, que su única proximidad a las flores se reducía a los ramos regalados a sus madres en fechas puntuales, el tuteo con las plantas se limitaba a un par de macetas con especímenes explícitamente para interior y las frutas se exhibían en cajas, en las tiendas del ramo, esa vivienda era su trato directo, vívido. Yo tenía la suerte adicional de una semana de vacaciones de verano en el campo, porque mi abuela materna tenía parientes que poseían una granja en Saladillo y podía regocijarme con el contacto de la naturaleza.

Cuando cumplí catorce años, Pepino, el perro, murió de anciano que era y seguidamente y según mi tía abuela, el gato se fue una noche de luna llena de tan aburrido que se sentía de no tener con quien pelear. Ese mismo año ella falleció. Sus hijos llevaron los animales al mercado y pusieron la casa en venta. Nos quedamos huérfanos de magnolia, de glicinas, parras, naranjo, granado e higuera.

Habían transcurrido tres largos años, cuando una

tarde pregunté a mi madre sobre los nuevos moradores de la vivienda en la que habíamos sido tan felices, si estaba habitada por niños, si sabía si habían vuelto a poblar el gallinero, ella se puso seria, de repente la expresión de su cara cambió, mirándome fijamente a los ojos me dijo:

—No logran venderla, los vecinos dicen que al caer la tarde se escucha el vaivén de la mecedora de Paulina y el quedo tarareo de una jota y que al llegar la oscuridad la sombra de un gato se arrellana en el asiento y la de un perro se tiende a sus pies. Historias increíbles que cuenta la gente, ¡vaya a saber por qué!, aunque generalmente se debe a intereses creados, que bajen el precio hasta que un amigo o familiar pueda adquirirla o cosas por el estilo.

Intrigada y sin temor, a escondidas, secretamente, visité el lugar durante siete atardeceres y me quedé allí, sentada sobre las baldosas en aquel querido patio, pero no vi ni oí nada. Me dejé envolver en el perfume de las flores con infinita añoranza. Toqué el timbre a la vecina para corroborar la historia, y ella me contó que hacía dos semanas que se habían acallado los sonidos y desaparecido las sombras.

Pasados quince días algo dentro de mí me decía que debía regresar y lo hice. Ni bien entrar me sorprendió la carencia de aromas. Anonadada observé que las glicinas, la magnolia y las parras estaban secas. Me dirigí al fondo, los árboles frutales estaban tan marchitos, sarmentosos, como si un rayo los hubiese aniquilado.

Entonces comprendí por fin. Ella se había marchado. Esta vez para siempre.

Este libro se terminó de imprimir
en Almería durante el mes de agosto de 2016